KB133464

천년야화

로봇인 척해 1

John H. Park 지음

Contents

들어가는 노벨

　로봇의 합법화가 비밀리에 진행된 곳은 병원이었다. 남자는 오랫동안 하지 않으면 능력이 퇴화되고 만다. 그래서 오랫동안 하지 못한 남자들을 위한 섹스 치료사의 수요가 필요했다. 세상에 깔린 환경 호르몬이 남성 호르몬을 억제하게 되면서 남자의 능력을 퇴화시키고 있다. 치료사의 도움이 필요했다.

　이것을 극복하기 위한 대책으로 은밀히 진행된 이 계획은 헌신력이 뛰어난 간호사들에게 '도움이 필요한 사람들을 도와준다'는 사명감으로 소개가 되었고 간호사 본인이 승낙한다면 도움이 필요한 남자와의 섹스가 허용되었다. 병원에서 섹스를 한다는 소문이 퍼져 나가는 것을 방지하기 위해서 입이 무거운 성인 남자를 대상으로 진행되었다.

　자신을 치료해 준다는 치료 간호사와 대면한 남자는 '치료'라는 단어에 반응해 자신의 것이 서지 않아도 이해해 준다는 것을 인지한다. 이것은 큰 변화의 시작이라고 할 수 있다. 다음 단계는 느긋하게 자신의 반응을 기다리며 간호사의 몸을 만지는 것이다. 그러다가 조금 커지면 조금 넣고 수그러들면 다시 간호사를 만지고…. 반복의 치료는 효과적이다.

　그녀는 기다려 준다. 그래서 시간이 흘러가도 초조해지지 않는다. 간호사의 헌신이다. 그래서 치료비도 저렴하다. 고마운 일이다. 스트레스도 덜하다. 실패해도 기다려 주고 다음에 더 잘하면 된다. 희망을 잃지 않는다.

　이 방법은 남자의 중압감을 가볍게 하고 자신의 타이밍을 읽어 내는 데 효과적이었고 이 기적 같은 치료는 기적의 결과를 이끌어 내었다. 이 치료를 받은 대부분의 남성은 완벽한 치료를 경험하게 되면서 자신감으로 일을 처리하고 사회에서 자신의 역할과 입지를 제대로 해 주며 새로운 인생을 맞이하게 된다. 그중에는 간호사와 결혼을 하게 되는 경우도 있었고 결혼한 남성은 깨닫는다. 자신의 치료사는 로봇이었다는 것을. 사람인 척을 했다는 것을.

오렌지 핀 테일 보드
(Orange Fin Tail Board)

　　남자와 여자를 구분하는 해부학적인 방법 중에는 팔꿈치가 있는 주관절의 각도로 구분하는 방법이 있다. 그 각도가 15도 정도를 웃돌면 여자이고 일직선에 가깝다면 남자이다. 여자들은 손바닥을 앞으로 보이게 하고 팔을 내린 자세에서 팔꿈치로부터 아래쪽으로 15도 이상 정도 옆(Lateral Side)으로 휘어져 있다고 보면 된다. 그래서 백 미터 달리기를 할 때 여자들은 팔을 옆으로 흔들며 달리는 경우가 많고 남자들은 위아래로 흔들게 된다. 바람의 저항을 최소화하며 빨리 달리기 위한 수단이 된다.

다리의 길이로도 구분된다. 여자들은 신장에서 다리 길이의 비율이 남자보다 길다. 그래서 키가 작은 여성도 골반의 위치가 보통 남성과 비슷하게 되는 경우도 자주 보게 된다. 여성 인체의 신비로운 점 중 하나는 엉덩이가 거대한 여성이든지 몸집이 작은 여성이든지 상관없이 골반뼈(Pelvic)의 크기가 거의 같다는 것이다. 보통 1~2mm 성노차이가 난다. 이 신비는 여성이 후세를 탄생시키기 위한 구조 때문일 것이다.

남성과 여성을 구분하는 또 다른 방법으로 만졌을 때의 감촉이다. 만졌을 때와 안았을 경우, 여성은 촉감이 다르다. 지방질이 많은 것도 그 이유가 될 것이다. 그리고 안아서 들었을 경우 여성이 가볍다. 뼈의 무게가 가벼운 이유도 있고 몸에 착 달라붙는 곡선을 갖고 있기 때문이기도 하다.

그렇다면 여성과 똑같은 로봇을 정교하게 만들게 된다면 그 로봇이 여성인지 아니면 여성을 가장한 로봇인지 구분할 수 있을까? 몸의 각도, 해부학적인 구조, 그리고 무게를 잘 고려하여 여성 로봇을 만들었다고 가정해 보자. 앞에서

열거한 내용 중 빠진 것이 하나 있다. 체온이다.

한 여성이 쿠션이 있는 가죽 소파에 20분 이상 앉아 있었다. 그 여성이 일어나자마자 나는 바로 가서 앉아 본 적이 있다. 물론 고의로 그런 것은 아니었고 마침 비어 있는 의자라고 판단하고 앉은 것뿐이었는데 그때 내가 감지한 것은 여성의 어떤 부위에 닿았을 때와 아주 흡사한 기분이 들었다는 것이다. 여성의 온도도 여성을 구분 짓기에 중요한 요소가 될 수 있다. 그 외에도 여성의 냄새와 신체 주위의 기운 같은 오라 같은 것도 작용할 것으로 보고 있다.

로봇 제작에 나의 젊음을 헌신하고 있는 나는 현재 대학교 2학년생으로 4년 전인 14살의 어느 날 장례식에 초대를 받은 이야기를 하려 한다.

처음 타 보는 비행기에 들떠 있던 나는 세상모르는 어린이였다. 장례식이 무엇인지 사람의 죽음은 어떤 것인지 제대로 직감하지 못하고 있던 나는 삼촌이 누구인지도 어떤 사람이었는지도 들어 본 적이 없다. 나는 입양해 주신 양부모님이 쭉 돌봐 주셨고 연락이 되는 친척도 없었던 내가 친척이라는 존재를 처음 대면하게 되는 날이 온 것이다. 그리고 이날은 처음 작별을 하는 날이기도 했다.

장소에 다다르기가 쉽지 않았다. 긴 행렬의 차들이 눈물을 흘리듯 깜박거리며 주변을 배회하고 있었고 이 행렬은 아마도 삼촌을 위한 행렬이라는 생각이 늘었다. 장례식은 벌써 끝나 가는 것인가….

"여기서 내리겠습니다."

양부모님은 택시에 계시게 하고 나만 내려서 걷기로 하였다. 마지막 행렬이라도 함께하려는 마음에 열심히 걸었다. 20분 정도 후 다다른 장례식장에는 역시 많은 사람이 있었고 다양한 곳으로부터 다양한 분위기의 사람이 모여 애도를 전하고 있었다. '아, 우리 삼촌은 친분 관계가 넓은 사람이었을 거다.'라는 추측을 하게 된다. 삼촌이 소유하고 있던 대부분의 재산은 교육을 위해 기부되어서 유산 상속에 대한 이야기는 없을 것으로 보였지만 유일하게 유산을 물려받은 사람이 한 명 있었고 놀랍게도 그 사람은 나였다. 얼굴도 모를 나에게 전해진 유품은 오렌지색의 서프보드.

딱히 인사할 사람도 없어서 나는 아쉬움과 궁금증을 갖고 바로 집으로 향하였다. 집에 도착한 나는 또 다른 아쉬움을 삼킨다. 기다란 보드가 택시 안에 들어가지 않을 거라는 말에 어쩔 수 없이 배송 회사를 고른 것이 실수였다. 아쉽게도 나에게 도착한 소중한 유산은 머리 부분이 파손되어 있었고 나는 머리를 한참 동안 숙이고 땅만 바라보았다. 유산이 망가진 안타까운 일이 발생한 것은 어쩔 수 없는 일이다. 마음을 가다듬어야 한다.

보드에 대한 지식이 없는 내가 눈에 보이는 보드에 대해 설명해 보려 한다. 꼬리 부분 쪽에 상어의 지느러미 같은 형상의 핀(Fin)이 꽤 멋지게 세워져 있고 그 주변은 녹이 슬어 있다. 전체적으로 머리와 꼬리가 뾰족하고 기다란 유선형의 물체로 그 두께가 수플레 팬케이크보다 몇 배는 되어 보이고 폭이 얇아서 전반적인 비율이 참치보다는 상어에 가깝다고 생각한다.

삼촌이 나에게 유산을 남긴 이유는, 보드를 배워서 인기 많은 조카가 되라는 의지를 보여 준 것일까? 아니면 파도를 헤쳐 나가라는 은유적인 메시지를 보내고 싶었을까? 아

오렌지 핀 테일 보드(Orange Fin Tail Board)

니면 그저 로봇에 빠져 있는 문제아 정도라고 생각하고 친척이 있다는 것을 알리고 싶었을까? 그러기에는 유일한 상속자라는 점에 대해 의문이 있기는 하다. 어쨌든 감사하다. 공상 과학에 흥미가 있는 나에게는 빌딩 하나를 유산으로 받은 것보다 상상의 나래를 펼쳐 볼 수 있는 수수께끼의 보드가 더 값어치가 있고 고마운 일이 된다. 빌딩 하나에 내한 감각은 체감되지 않지만 드라마에서 본 기억들로 정리해 보았고 이 유산에 대해 공상 과학적으로 나의 생각을 정리하면 이 오렌지 보드에는 숨겨진 비밀이 있고 바다 위를 달리는 기적의 열쇠가 탑재되어 있을 것이다!

우선 보드를 수리하는 것을 목표로 하고 보드 숍에 사진을 전송해 알아보았는데 머리 부분의 파손이 커서 수리비가 비쌀 거라고 한다. 부유한 집안이 아니었고 아르바이트도 해 본 적이 없는 나는 가난하다. 학교에 갔다가 집으로 돌아와 밥을 먹고, 주말에는 집에서 로봇 제작에 전념하며 물을 마시는 것이 유일한 휴식이다. 지출은 거의 하지 않는다. 다행히 가끔 받는 용돈을 돼지 저금통에 모아 놨다. 그 돈과 책상에 남아 있던 동전들을 모두 모아서 '이 정도면 되겠지!'라는 자신감을 갖고 보드 숍의 문을 조심스럽게 열었다.

"학생! 이거 어디서 구한 거지? 어린 나이에 프로 서퍼인가?"

"선물로 받은 거라서 우선 수리를 하고 나중에 기회가 되면 서핑을 배워 볼까 하는 생각을 갖고 있습니다."

"전혀 경험이 없는 학생에게 선물로…. 미안하지만 내가 손을 댈 수 없는 작품이야. 장인이 만든 수제품으로 보이는데 요즘에는 구하기 힘든 재질이 사용되었고 전반적인 곡선을 망치고 싶지 않아. 수리를 하고 싶다면 캘리포니아로 가야 할 거야. 그곳의 보드 장인이라면 가능할지도…."

"캘리포니아…. 서핑이라면 하와이 아닙니까? 정말 캘리포니아에 가도 괜찮은 겁니까?"

"학생, 캘리포니아까지 가기에는…. 아직 초보자인데 우선 넓적하고 큰 보드로 얕은 물에서 놀아 보고 결정하는 것을 추천하는데…."

"좋은 정보 감사합니다. 캘리포니아로 가겠습니다!"

여름 방학 동안 아르바이트를 하여 모은 돈으로 캘리포니아행 비행기 표를 왕복으로 구매하였다. 하하. 이렇게 큰

오렌지 핀 테일 보드(Orange Fin Tail Board)

돈을 사용할 수 있는 내가 조금 자랑스러워서 웃음이 멈추질 않는다. 주위에서 볼 때 보드 하나에 큰돈을 쓴다고 소란 떠는 것처럼 보이는 면도 있었지만, 다른 한편으로 삼촌이 물려주신 보드에 대한 애착과 보드에 특별한 메시지가 담겨 있지 않을까 하는 공상 과학적인 모험심이 나의 결정이 흔들리지 않도록 큰 발판이 되어 주고 있다.

혼자서 멀리 여행을 떠나고 거금을 써 버리고 있는 나는 후회하지 않는다. 후회하지 않을 것이다. 내가 하는 일에 의미를 두었고 그렇게 결정했기 때문이다!

주위의 시선이 무서워 중간에 멈추고 싶은 마음도 있었다. 하지만 그렇게 해서는 앞으로의 남은 70년의 인생을 어떤 마음가짐으로 살아야 할지 모르게 되어 버린다.

이런 생각을 하게 되는 것은 친아버지로부터 인생을 바라보는 법을 전달받지 못한 불안감 때문일지도 모른다.

양부모님이 잘해 주셨지만 친척도 친부모도 곁에 없는 내가 미래에 대한 불안감이 생긴 것은 어쩔 수 없는 일이라고 생각하고 지울 수 없는 불안감이 존재한다면 내가 인생을 만들어 가는 수밖에 없을 것이다. 유일한 친척인 삼촌도 없는 이곳 세상에는 내가 결정해서 구분해야 할 일이 산더

미처럼 많을 것이고 그렇기에 결단력을 기르는 훈련은 나에게 있어서 중요한 요소가 된다.

로봇 제작에 전념한 지 5년 정도가 되면서, 어린 나이에 천재라는 말을 듣기도 하지만 나는 그 말을 듣는 것을 좋아하지 않는다. 천재라는 말은 나의 가능성을 단정 지어 버리고 주위 사람들의 가능성도 자극하고 단정 짓는, 좋지 않은 무서운 말이라고 생각한다. 나는 절대로 천재가 아니다. 뇌의 수억만 가지가 될 활동 중에서 작은 무언가를 발견했을 뿐인 것이다. 내가 발견한 것보다 더 나은 것을 발견한 사람이 들으면 웃을 일이다. 천재라는 단어는 피해야 할 단어 10위 안에 든다.

3시간의 비행 끝에 도착한 캘리포니아는 최근 서핑을 하려는 인구가 증가하고 있는 추세다. 베니스 해변 쪽에 자리 잡은 구글이라는 회사가 많은 인구를 불러 모아 주었고 인구 밀도의 증가가 포화 상태가 되면서 이곳 해변가는 실리콘 해변이라 불린다. 구글의 본사가 있는 실리콘 밸리에서 가져온 신조어이다.

오렌지 핀 테일 보드(Orange Fin Tail Board)

폭발적인 인파를 뚫고 내가 도착한 작은 집은 "이게 뭐지? 보드 숍 맞아?"라는 말이 튀어나올 정도로 허름하다. 약속 시간보다 한 시간 일찍 도착해서 주위를 둘러보며 망설이다가 그 문을 두드려 보았는데 보드 숍의 아주머니가 친절하게 문을 열어 주셨다. 그리고 나는 천으로 둘린 보드를 양손으로 안고 안으로 입장하였다.

아! 허름하지만 있을 건 다 있다. 130개가 넘는 보드가 진열되어 있는 이 공간의 중심에는 '보드를 놓아주세요.'라는 생각이 들게 만드는 가죽과 천으로 둘러싸인 받침대가 있고 아세톤과 기름칠에 쓰는 WD-40 옆에는 머리를 말려 주는 장난감처럼 생긴 헤어드라이어가 있다. 전반적인 분위기에서 장인의 집이라는 포스가 가득하다.

평생 얼마나 많은 보드를 수리하셨을까. '분명 프로 서퍼(Pro Surfer)일 것이다!'라고 생각하지만 아주머니의 체형에서 조금 실망하였다.

친절하고 상냥하시지만 그렇다고 해도 프로 서퍼라고 하기에는 아주머니의 체형이 조금 거리가 먼 것은 아닌가? 나의 기대가 사람의 체형이라는 개인적인 측면으로 과하게 상상이 된 것은 인정하지만…. 나이가 들면 배가 나오는 법인가. '저 무게면 서프보드가 가라앉아 버리는 것은 아닌가.'라는 생각을 하는 나의 솔직한 반응을 감출 수 없었다. 아주머니는 바로 눈치채셨는지 자신의 젊었을 적 사진을 보여 주셨다. 오, 미인이셨다! 자세히 보니 일본인? 하지만 일본인이라고 하기에도 조금 무리가 있고 독일이나 이탈리아 사람에 더 가깝다.

"오랜 길 오셨는데 휴식은 잘 취하셨나요?"

"공항에서 이곳으로 바로 오게 되었습니다. 수리를 해 주신다면 이곳 근처에서 숙소를 정하려 합니다."

"알겠습니다. 보드를 보여 주시겠습니까?"

아주머니는 내가 들고 있는 보드를 유심히 보고 있었다. 강한 시선에 신경을 쓰다 보니 꼼꼼히 묶여 있던 헝겊을 푸는 데 시간이 걸렸지만 잠시 후 헝겊이 벗겨지며 그 모습을 드러내었다.

오렌지 보드를 건네받은 아주머니는 중앙에 위치한 진열대에 그것을 조심히 놓고는 꽤 면밀하게 관찰하셨다.

"누구에게서 받은 것인가요? 보드의 경험은?"

"삼촌의 유산입니다. 수리가 되면 타는 법도 물론 배워

오렌지 핀 테일 보드(Orange Fin Tail Board)

보고 싶습니다."

"이 핀 테일(Fin Tail) 보드는 1970년대 초반형의 수제품입니다. 그리고 꼬리 부분의 핀(Fin)은 아주 값진 부분입니다. 제작자의 사인이 보이지 않아서 아쉽지만 핀 부분만으로도 충분히 값진 물건입니다. 전반적으로 꽤 두꺼운 형상과 유선형의 길이에 어울리는 곡선 자체가 논랍도록 아틈답고 색상과도 절묘한 매치가 되어 줍니다. 처음 보고 이런 말을 하긴 그렇지만 세상을 다 뒤진다 해도 이렇게 멋진 보드가 있을까요…."

"감사합니다. 그럼 수리해 주시는 겁니까? 수리비는 얼마나…."

아주머니의 극찬에는 궁금한 점이 있었지만 지식이 부족한 나는 아주머니의 좋은 대화 상대가 되어 주지 못하였다.

"여기까지 와 주셨는데 수리비는 받지 않겠습니다. 일주일만 기다려 주시면 최선을 다해 고쳐 보이겠습니다. 혹시 수리를 완성하게 되면 제가 한번 타 봐도 괜찮겠습니까?"

"아, 그건 곤란합니다. 삼촌의 유품이라서 삼촌의 의도가 파악되기 전까지는 수리만 하고 싶습니다."

나를 당돌한 꼬맹이로 생각하실 수도 있겠지만 유품을 전해 받은 이유가 파악되지 않은 상태이므로 앞으로 생길 수 있는 변수에 대한 위험성은 최대한 만들지 않는 것이 좋다는 판단을 하였다. 아주머니의 몸무게도 조금은 걱정이 되었다는 것은 부인할 수 없는 사실이었다.

"충분히 이해가 갑니다. 어, 저기, 숙소는 이곳을 편히 쓰셔도 괜찮지만 이곳에 머무를 시간도 없이 바쁜 일주일이 될 겁니다."

"네?"

"제 주위에는 학생에게 보드를 공짜로 가르쳐 줄 사람들이 넘쳐 납니다. 보드를 잘 타는 동양계 여성분을 소개해 드리겠습니다. 친절하게 보드의 세계로 안내해 드릴 겁니다."

이런 말을 들었지만⋯. 실제는 달랐다. '친절하게 공짜 레슨까지 앗싸!'라고 생각한 내가 안이했다. 그날 오후에 소개로 만나게 된 동양계 여성분은 햇빛에 그을린 피부로 비키니 비슷한 옷을 입고 나타나서는 나를 데리고 해변의 파티를 돌아다녔는데 밤샘을 할 때도 있었고 다음 날도 그

오렌지 핀 테일 보드(Orange Fin Tail Board)

다음 날도 계속해서 파티의 고공 스트레이트 행진이 이어졌다. 밤에도 낮에도 끊임없는 파티의 쉴 새 없는 나날이 흘러가며 감당하기 힘들었지만 그녀의 넘쳐 나는 에너지에 감탄사를 보내고 경의를 보냈다. 멋모르고 마셨던 주스가 칵테일이었다는 건 며칠 후에 깨닫게 되었고 기억이 나지 않는 부분이 있다는 것은 신비로운 경험이있다.

다음 날 아침, 비키니 차림의 동양계 여성은 나에게 이렇게 말하였다.

"나 어떡해! 임신했어!"

임신이라는 말이 무슨 말인지 정확히 이미지화되어 있지 않은 나는 그녀 뒤에서 웃고 있는 사람들을 보며 나를 놀리려 한다는 것 정도는 간파하고 웃어 주었다. 그리고 나중에 알게 된 사실은, 임신은 테스트기로 검사하고 시간이 지나야 알 수 있다는 것. 그리고 남녀가 같이 다닌다고 임신이 되는 것이 아니라는 것이었다. 파티 피플(Party People)이 넘쳐 나는 캘리포니아가 무섭다! 일주일은 빠르게 흘렀고 나는 보드 숍으로 돌아와 앉아 있다.

아주머니의 상태가 조금 이상하다. 보드에서 뭔가가 나왔다고 한다.

"죄송합니다. 학생이 도착하기 전에 보드를 타려고 했습니다. 바다가 아니고 수영장이라면 학생도 이해해 주겠거니 생각했지만…. 저에게는 이 보드를 탈 자격이 없는 듯 보입니다. 수영장에서 움직이려 할 때 저에게 공포감이 엄습해 왔습니다. 더 이상 말씀드리고 싶지 않으니 이 보드를 갖고 지금 떠나 주시기 바랍니다."

사람이 살아가면서 이상한 현상을 목격하게 될 때는 동시에 그 이상한 현상에 대한 보안을 철저하게 하는 것도 중요하다. 좋아하는 여자 친구가 생기면 그에 따른 희생과 책임감이 따라오는 것처럼, 특별한 현상을 경험할 때 그 보안을 유지할 필요도 뒤따르게 된다.

보드를 수리해 주신 분은 분명 무언가를 목격한 듯하였고 나는 재빠르게 그곳을 빠져나와 혼자만의 공간에서 보드를 마주하게 된다. 비키니 걸에게 도움을 청해 수소문한 끝에, 공항 근처에 위치한 싸고 한적한 호텔에서 하루만 더 머물기로 하였다. 보드를 침대 위에 올려놓고는 문과 모든 창문을 잠그고 깊은 호흡으로 마음의 준비를 해 본다.

무엇이 튀어나온 것일까? 귀신이었을까? 사람이었을까? 혹시 소원을 들어주는 공주가 나오지는 않을까? 그렇게 되

오렌지 핀 테일 보드(Orange Fin Tail Board)

면 천 년 공주 오렌지 보드라고 이름을 정해도 괜찮겠지만 정말 뭔가 나오기는 하는 것일까? 보드를 수리해 주신 아주머니가 기분 탓에 헛것을 본 것일 수도 있지만 일정을 연기하고 호텔에 머물면서까지 여러 가지를 기대해 보는 것은 유산으로 받은 오렌지 보드에 대한 특별한 애착에서 오는 셋일시노 보튼나.

보드 위에 발을 올려 보았다. 아무 일도 일어나지 않는다. 그렇다면 아마도 수영장 물에 반응을 보인 것은 아닐까. 창문을 보니 작은 수영장이 있고 마침 물이 차가운 밤이라서 아무도 없었다. '바로 저기다!' 아무도 없을 거라는 희망 탓에 잘못 본 것이다. 아무도 없었으면 했지만 수영장 옆의 자쿠지에는 벌써 비키니 걸이 자리를 잡고 온천을 즐기고 있는 것이다. '바로 저기다!'라고 생각하며 실수로 손가락으로 창문 너머를 가리킨 나는 비키니 걸에게 목격되었다. 자신을 손가락으로 가리킨 것은 자신을 기다렸을 것으로 착각했을 거라서 빼도 박도 못할 상황이 되었다. 비키니 걸이 있는 자쿠지로 가서 자초지종을 설명해야 한다.

나의 설명을 대충 듣게 된 비키니 걸은 담력이 센 자신의 도움이 꼭 필요하다며 보드를 물에 띄우는 일을 도와주기로 하였다. 비키니 걸과 나는 보드의 꼬리 부분을 잡고 수영장의 물 위로 밀어 넣었다. 작은 부분을 같이 양손으로 잡게 되다 보니 비키니 걸과 몸이 밀착되어서 나의 팔과 심장이 떨렸다. 하지만 날씨가 춥기 때문에 날씨 때문에 떨었을 것으로 생각하기를 바랐지만 비키니 걸은 나를 놀려 주려는 것인지 더 바짝 붙어서 몸을 비비적거리기 시작한다. 그때 물 위에 떠 있던 오렌지 보드와 함께 떠다니는 다른 기운이 감지되었다.

　정말 무언가가 있었다. 그것은 아마도 공기의 흐름! 공기가 흘러 다닌다. 공기 자체가 에너지원이 되어서 움직이는 것이다. 인위적인 힘의 열에너지 같은 것이 아니었고 아주 미세한 자기장 정도의 힘이라는 생각이 드는 것은 최근 인체의 자기장에 대해 연구를 하고 있었기 때문일 것이다. 그날부터 오렌지 핀 테일 보드에서 튀어나온 이 공기의 흐름에 대해 연구하기 시작하였다.

　그리고 시간이 흘렀다.

오렌지 핀 테일 보드(Orange Fin Tail Board)

로봇인 척해

시간이 빨리 흘러 그 상태로 대학교 2학년을 맞이하고 있다.

로봇의 연구를 꾸준히 하고 있던 4월의 봄, 여성 로봇을 제작하기 위해 여성의 형상이 필요했다. 아니 여성 자체가 필요했다. 여성스러운 여자. 우리 단대에서 내가 생각하는 가장 여성스러운 여자가 있다. 완벽한 몸매라고 칭할 정도로 깜짝 놀랄 만한 몸매를 가진 여자가 한 명 있다. 한쪽 다리를 구부리고 서 있을 때도 그냥 서 있을 때도 보통 여자들에게는 보이지 않을 수도 있는 섹시한 곡선들이 보이고 새로운 공간들도 보인다. 그녀가 옷을 입은 평상시의 모습만 보아도 어질어질한데, 나의 연구에 그녀가 꼭 필요하다고 굳은 결심을 하게 된 계기는 그녀가 옷을 입지 않은 모습을 본 날이었다. 그녀의 통통한 가슴이 적나라하게 보였다. '이 정도면 최고다! 딱 좋다! 아니 하루 종일 보고 있어도 되는 걸까!'라고 감탄이 저절로 나오게 되는 그 가슴이 고맙게도 나에게 보이고 만 것이다.

"급하게 들어와 버렸네요. 탈의실이 꽉 차서 비어 있는 공간을 발견하고 멋대로 들어와 옷을 갈아입고 말았습니다."

느닷없이 들어와서는 노브라로 옷을 갈아입은 그녀가 나에게 해 준 말이었다. 문을 열고 들어와 나의 바로 앞에서 옷을 갈아입었는데 내가 보이지 않았나 보다. 나는 존재감이 없다고들 하기 때문에 충분히 이해가 가는 말이지만…. 아무튼 뭐든지 이해가 가는 순간이었다. 중요한 사실 한 가지는 죽기 전에 한번 볼 수 있을까 말까 한 가슴을 봐서 죽어도 여한이 없다는 것이다. 오…! 이제 난 죽어도 될까! 세상에는 더 이상 미련이 없다!

그런 여운이 가시기도 전에 그녀는 나에게 또 다른 신선한 멘트를 던져 온다.

"이곳은 〈가위손〉의 여자 버전을 만드는 곳인가요? 그런 곳치고는 깔끔하고…. 형상들을 보니…. 왠지 벗어 주고 싶어요!"

"네?"

"오해하지 마세요. 당신의 작품이 형편없다는 이야기는 아니니까요."

"아니 그거 말고 저기…."

그녀의 가슴을 본 나는 어떠한 언어도 천사의 솜사탕처럼 들려오는 상황이다. 천사의 솜사탕? 내가 무슨 이야기를 하는지 모르겠지만 세상에 그녀를 표현할 단어가 존재하기는 하는 것일까. 당돌하고 스마트하고 섹시하고 통통 튀는 그녀의 언어는 그녀의 몸매도 넘어서고 있는지도 모른다.

"저, 저, 저기, 저…."

하고 싶은 말이 있는데 나의 뇌가 폭격을 맞아 말문이 열리지 않고 있다.

"나를 모델로 삼고 싶다고요?"

어떻게 알았지! 그녀는 내가 하고 싶은 말을 어떻게 알았을까. 그 말을 하고 싶었지만 감히 입 밖으로 나오지 않았다.

"나 같은 몸매를 매일매일 보고 싶다고요?"

"아, 아니 꼭 그런 것은…. 그런 것만은 아니고…."

"인정은 조금 한다는 그런 얘기네요. 그 말 맘에 들었어요. 해 줄게요."

"네?"

"모델."

"네."

"해. 줄. 게. 요."

코에서 코피가 흐른다는 건 만화에서만 나오는 장난일 줄 알았다. 나의 코에서 흘러내리는 코피도 바로 닦아 주는 친절한 그녀였고 자신의 맘이 바뀌기 전에 바로 시작하자고까지 말해 주었다. 그 후로 3개월 동안 정말 매일매일 그녀의 몸매를 보게 된다.

처음 1개월은, 몸매를 그대로 옮기는 작업이 주를 이루었다. 어색한 나의 움직임에 그녀의 부위들이 여러 번 부딪혔다. 나를 부르는 소리에 뒤돌아보다가 나의 팔꿈치에 정통으로 맞은 그녀는 멍이 생기기도 하였고 실수로 그녀의 뺨을 때리기도 하였다. 긴장이 점차 풀려 가며 본의 아니게 스킨십이라고 할 정도로 그녀의 피부를 만지게 되는 날들이 꾸준히 지속되면서 그녀의 구석구석을 만지게 되는…. 아니 연구를 위해 알게 되었다고 표현하겠다.

그다음 1개월은 촉감을 옮기는 작업이었다. 연구를 위해서는 역시 만지는 방법밖에는 없었다. 이곳은 어떤 느낌인지 어느 정도의 탄력이 있는지 냄새는 어떤지…. 앗! 냄새는 지금의 단계에서 할 일은 아니었지만 본의 아니게 미리 냄새를 맡아 보기도 하였다. 그녀의 탄력은 대단하다.

마지막 3개월로 접어들면서 그녀의 언어와 몸짓과 냄새를 입력하는 작업이 시작되었다. 이 시기는 그녀가 벗고 누워 있는 시간보다 옷을 입고 내 옆에 앉아 있는 시간이 많아지며 자연스러운 대화가 가능해지는 계기가 되었고 그녀와 친해지게 되는 시간이 되어 주었다. 사실 처음 1개월은 나의 심장 박동이 너무 빨라서 제대로 된 대화가 힘들었던 것 같다. 그래도 연구에 미치는 파급 효과는 좋아서 빠른 심장 박동으로 뇌에 공급해 주는 산소가 새로운 아이디어들을 번개처럼 만들어 내며 그 기술들을 수첩에 적어 내려갔고 완벽하도록 여성스러운 로봇을 빠른 속도로 만드는 데 큰 도움이 되었다.

3개월로 접어들며 이제야 그녀와 자연스러운 대화들 한다는 것은, 내가 얼마나 이기적인 시간을 보내 왔는지도 깨닫게 한다. 나의 것만 보고 그녀의 입장은 제대로 봐주지 못했던 것은 아닐까. 그렇다면 지금이라도 그녀를 보자. 그녀의 눈을 보자. 무엇을 원하고 무엇을 좋아하고 그녀의 눈은 무엇을 보고 있고 그녀의 눈으로 보는 세상은 어떤 것일까….

곧 여성스러운 로봇이 탄생되었다. 이 로봇은 그녀 자체이다. 오랜 세월의 열정이 형상으로 이루어진 역사적인 날이다. 샴페인을 터뜨려야 할 정도로 축하를 해야 할 날이지만 막상 여성스러운 로봇의 결과물을 세상에 보인다고 생각하니…. 공개하기가 꺼려지는 이유는 무엇일까? 세상에 내놓는다…. 그녀와 똑같은 것을 세상에 내놓게 되어 버린다….

나는 이때 머리를 큰 쇠에 두들겨 맞았다. 누군가 나를 기절시키려 내 머리를 세게 내리쳤고 나는 눈이 감기고 있는 상황이 되어 버렸다. 아직 할 게 많은데…. 아쉬운 게 많은데…. 그녀는 어떡하지…. 예기치 못한 상황이 이렇게 벌어지고 있다.

이럴 때일수록 정신을 바짝 차리고 마지막까지 내가 할일을 해야 할 것이다. 남은 시간이 20초가 될지 15초가 될지 감이 잡히지 않는 나는 말 그대로 쓰러지고 있는 중이다. 다시는 보지 못할 그녀를 향해 고개를 돌리고 싶었지만내가 한 행동은…. 그녀가 있는 곳으로 고개를 향하지 않고그녀의 형상을 한 로봇을 향해 고개를 돌렸다. 그리고 온힘을 다해 목소리를 뿜어내었다.

"로봇인 척해!"

이 말은 그녀에게도 들릴 정도로 다다를 수 있었을까?

괴이한 목소리가 들려온다.

"누가 로봇인지 사람인지 구분이 안 가는군. 그렇다면 구분하는 효과적인 방법으로 한번 해 볼까? 우하하하하! 정말해 볼까! 으하하하하!"

흐릿하고 먹먹하게 들려오는 소리로 분위기를 읽어 내고 있다. 나를 내려친 그놈이 그녀가 아닌 로봇의 팬티를 내리려 한다. 내가 로봇을 향해서 다급하게 외친 효과가 있던 것이다. 그와 동시에 로봇은 팬티를 벗어 버리고 벌떡 일어나 문을 향해 도망치기 시작하였고 로봇을 따라가는 그놈이 문 앞에 다다를 즈음에, 진짜 그녀는 창문으로 도망치고 있다는 것을 알게 되었다. 눈이 벌써 감긴 상황이어서 보이지는 않았지만 소리로 알 것 같다.

나는 생을 마감한다.

로봇인 척해 II

"우하하하하! 웃겨, 웃겨! 로봇인 척해! 으하하하! 으흐흐흐! 잠시 나를 바보로 만들었지만 그래도 웃겨 참을 수가 없어! 으흐흐!"

나는 오늘부터 로봇을 제작하는 사람으로 직종을 변경한다. 이름하여 '전혀 경험 없는 제작자'이다. 하! 뇌의 파장을 코딩하는 작업이라든지 인체 공학의 깊이라든지 그런 거는 전혀 모른다. 하지만 여성 로봇이 맞는지 안 맞는지 확인하는 확실한 방법 정도는 알고 있지.

직접 해 보는 것이다.

좋은 작품이라고 인정받는 그라비아 사진들이나 잡지 커버를 장식하는 사진들은 좋은 작품이라고 평가는 받겠지만 정작 팬들이 좋아하는 사진은 다르다고 확신한다! 팬들이 잠을 잘 때도 들고 있게 되는 것이 정말 팬들이 좋아하는 사진이라고 단언한다. 그것들은 하고 싶다는 생각이 드는 사진들인 것이다. 그 하고 싶다는 요소는 빗은 성노와 비례하지 않고 그것은 의외로 모델의 눈빛이나 시선으로 결정이 된다. 간단히 말하면 모델이 카메라를 쳐다보며 찍은 사진은 좋은 사진이 될 수 있고 잡지 커버 사진은 될 수 있어도 하고 싶은 사진하고는 거리가 멀다는 것이다. 팬들이 좋아하게 될 사진은, 정말 좋아하게 되는 사진은….

시선이 나를 향하지 않을 때!
눈을 감고 있을 때!
요리를 하고 있을 때!
자신의 신체 특정 부위를 보고 있을 때!
아니면 자고 있는 척을 할 때 등등이 있다.

만약 카메라를 봐 달라고 빈번하게 요청하는 그라비아

사진사가 있다면 그 사진사는 직업을 바꾸는 것을 추천한다. 나는 사진사는 아니지만 내 꿈은 사진의 팬으로서 사진의 이차원을 삼차원으로 재현하는 예술가가 되는 것이며 로봇 기술의 일부분을 테스트하는 전문가가 되는 것이다. 조금 전 좋은 힌트도 얻어 버렸다.

로봇인 척해! <u>으흐흐흐!</u> <u>으흐흐흐!</u>

나의 커리어를 위해 새로운 네트워크를 구축하려면 시간이 많이 걸릴 것이고 난 기다리는 것이 취미가 아니다. 그렇다면 이곳에서 실험을 하고 있던 자의 역할을 그대로 내가 이어받아 버리면 나름대로 재미도 있고 빠르게 일이 진행될 것 같은데….

"달력을 보니 논문 발표가 코앞이군. 다다음 주 화요일이면 금방인데…."

'로봇인 척해' 프로젝트의 빠른 발전을 위해 예정되어 있는 논문 발표를 그대로 진행한다. 나의 커리어의 발전을 위한 좋은 타이밍이 될 것이다. 누군가의 자리를 대신 차지하는 것은 물론 아무나 할 수 있는 일은 아니지만 나라면 가능하다. 나의 뒤에서 거대한 재력과 힘이 받쳐 주고 있다는 것은 비밀로 할 특별한 이유는 없으니 인정하겠다. 나를 지켜 주는 거대한 힘을 발판으로 진행해 온 일들은…. 일단, 주위에서 접근해 오는 사람들의 약점 잡기와 늘어지기이다.

약점이 잡히면 절대로 놓지 않고 끝까지 물고 늘어지기!
찰거머리 같은 마의 손길에서 벗어날 수 없게 하기!
마의 손길은 아리따운 여성에게로…. 당연한 일이다!

이 계획대로 진행될 일은 거의 거저먹기라고 하면 될 것이다. 벌어질 일들을 생각하면 조금도 기다릴 수 없을 지경이라서…. 그래, 그래서 오늘부터 당장 논문 준비를 진행하는 것으로 하였다! 물론 재미는 이곳에 있다. 로봇인지 사람인지 구분하기!

어떤 과학자의 유언과도 같은 말 '로봇인 척해!' 우하하하하하! 좋은 힌트! 아리가또! 아리가타이맘보! 잠깐, 내가 무슨 말을 하는지는 모르겠지만 개미(아리) 같은 인생 주제에 로봇에게 말을 거는 트릭으로 잠깐 나를 속였어도 재미는 있었으니 용서해 주겠다. 덕분에 이번 '로봇 구분하기' 프로젝트는 정말 재밌는 아이디어들이 생겨 버렸어! 우선 진행하게 되는 연구의 연구자로서 커리어를 만들어 갈 프로젝트의 실험군을 추가해야겠다. 아니, 추가해야 한다. 그것이 나의 진정한 목표이고 열망이다. 그 역할을 해 줬으면 하는 여자 후배가 있어서 벌써 불러서 도움을 청해 버렸는데⋯. 조금 전에 했는데⋯. 으흐흐흐흐.

바로 거절당해 버렸어. 그랬지만 그대로 포기할 내가 아니라고. 바로 재접근해서 그녀의 약점을 찾아 버렸지. 그녀가 사용하는 핸드폰에 멋대로 접속해 모든 걸 보고 저장하였고 사진 몇 장 골라서 약점을 잡아 보려 했더니 바로 걸려들었어. 그녀는 마지못해 고개를 끄덕였어. 이렇게 로봇인 척을 할 사람 한 명이 준비되었다. 다음은 실험 참가자를 생각해야 해. 공식적인 기록을 남겨야 하니 남자 4명이 좋겠군.

이틀 후, '여성형 로봇 체험 후기'라는 제목으로 알려진 나의 실험은 다른 학교까지 퍼지며 지원자 2천 명이라는 경이로운 기록을 세우게 되고 그 유명세를 발판으로 논문의 결과도 주목받게 되는 위치에 안착하였다. 유명해지는 것은 내 취미는 아니었지만 유명세와 함께 나를 우러러보는 사람들이 생겨나면 나에게 동조하며 사바사바 도와줄 것이고 한편으로 다른 사람이 진행하던 일을 내가 대신해서 하는 것에 대한 반감도 무마시켜 준다. 이 정도면 머지 않이 로봇을 연구하던 그사의 자리를 그대로 이어받아도 되는 것이 충분히 가능하다. 항상 사용해 온 수법이고 먹혀왔던 수법이라서⋯. 결말은 정해져 있다는 것을 알고 있다.

 내가 나쁜 사람이고 잘못된 신념에 빠져 있다고 깨우치려는 분들도 가끔가다 계시긴 하지만 도대체 어디부터 사이비이고 어디부터 진실인지는 누가 정하는 것인가? 나는 나의 모든 것을 내가 믿는 신념에 바치고 있다. 그리고 나의 신념에 대한 정당화는 사회에서의 결과물들이 말해 준다. 결과물을 만들어 내기 위해 노력하는 나의 노하우를 이야기해 보면(나의 전문 분야이니) 노예가 된 사람을 이용해서 또 다른 노예를 만들고 또 약점이 보이면 또 그것을 잡고 늘어져 협박을 해서 효과적이고 효율적인 방법이 된다. 간단한 일이다!

드디어 논문 발표의 날이다. 아침에 긴장해 버려 커피를 두 잔이나 마셨는데 이런 날은 나 같은 사람도 긴장을 하게 되니 분하지만 그것은 인정해 두고, 과연 이 실험… 어떻게 될 것인가!

실험 참가자 4명에게는 로봇이 둘이라고 하였고 사람이 있다는 것은 말하지 않았다. 재밌는 결과가 벌어질 것인데 보는 상황은 녹화가 된다.

실험이 시작하기 20분 전에 후배들의 도움으로 무대 위 셋업이 착착 진행 중에 있어서 힐끔힐끔 보고 있었다. 나의 요청대로 여자 로봇의 얼굴과 상체를 가리고 아랫부분만 볼 수 있도록 착실하게 구조물을 제작해 주었고 실험 시작까지 5분이 남아 있다.

무대에서 얼굴을 잠깐 내밀어 간략한 설명을 하고 있던 나는 제작물 세트의 뒤쪽 상태를 재확인하고 싶었지만 후배들의 움직임이 바쁜 거 같아 그냥 진행하기로 하였는데 뭔가 궁금증이 몰려왔다.

'한 명은 사람일 텐데 바쁘게 움직이는 후배들 때문에 누가 사람인지 나도 모르게 되어 버렸군. 음…. 나중에 알게 되겠지.'

실험의 결과는 이랬다.

첫 번째 로봇, 신음이 너무 인공적이다. 그곳이 깔끔하고 분홍색이라 인공적으로 보인다.

두 번째 로봇, 꽤 느낌이 좋았지만 물이 너무 많이 나와 로봇 같았다. 물은 적당해야 현실적인 것 아닌가. 인공적인 분수대 같은 물은 기분이 좀 그래서 하다 만 것 같다.

세 번째 로봇, 전반적으로 잘 만들어져 나쁘지 않았다.

네 번째 로봇, 안이 좀 좁은 편이라 사람의 재현에 크게 실패하였다. 안의 공간을 조금 늘려 주었으면 한다.

로봇이 넷이 되어 버렸다. 원래는 로봇 하나, 사람 하나가 계획이었는데…. 무슨 일인지 확인을 위해 세트 뒤로 달려가 보았더니 후배들의 깜짝쇼가 있었던 것이다. 로봇은 하나였고 진짜 여성이 셋이었다.

어떻게 된 것일까? 바로 확인이 되었다. 나의 노예가 되어 버린 후배가 다른 후배들을 불러들여서 나를 기쁘게 할 일을 꾸몄다는 것인데 노예가 또 다른 노예를 부른다는 계획의 일환이 특별한 노력 없이 자동적으로 실현이 된 경우이다. 게다가 아주 기특한 일은, 경험이 거의 없는 후배 두 명을 신경 써서 섭외해 주었다는 사실! 으흐흐흐. 후배가 사용한 언어의 마술은 다음과 같다.

"어떤 남자와 궁합이 맞는지 뒤끝 없이 확인할 좋은 기회 야!"

대단한 언어술이다. 그녀의 아드레날린은 이긴 쪽으로 발전을 갈망하고 있는 것이다. 귀여운 후배들이 나를 곤란하게 하였지만 나름 또 다른 재미를 가져와 주어서 그 부분은 용서하고 일단 실험은 대성공으로 마무리? 여기서 끝내기에는 두 번 다시 얻기 힘든 기회라⋯. 고민하다 후배들에게 "한 번 더!"라고 외치며 부탁하였다.

"가슴까지 보이게 해서 한 번 더."

세트가 다시 준비되었다. 집에 가려는 실험 참가자들도 다시 오게 했다. 이번은 얼굴만 가리고 아래부터 가슴까지는 말끔하게 보이게 하는 셋업이다. 일생에 한 번일지도 모를 이 기회를 놓치지 않기 위해 실험 참가자로 나도 참가한다. 누워 있는 후배 중 한 명은 운 좋게도 내가 평소 힐끔힐끔 쳐다보던 여자로 그녀와 할 기회를 은근히 바라고는 있었지만 이렇게 빨리 굴러 들어올 것은 나의 상상을 넘어선 일이다. 그것도 보통의 기회가 아닌 굉장한 기회로⋯. 두 번 다시 오지 않을 기회! 로봇인 척하는 그녀!

평소에 사모하던 그녀와의 기회를 빼앗기지 않기 위해 미리 가서 줄을 섰다. 누워 있는 그녀는 실험 참가자가 자신을 로봇으로 여길 거라고 생각하고 있겠지만 지금 그녀 앞에 서 있는 사람은 평소 그녀를 사모하던 사람이다. 그녀를 사모하는 사람이 그녀에게 하는 걸 그녀는 모른다. 자신이 사람이라는 것을 알고 있다는 것도 그녀는 모른다. 아무것도 모른다. 그저 그녀는 로봇처럼 누워 있는 것이다.

실험이 시작됐다.

나만 알고 있다는 은밀함에 그녀의 반응 하나하나가 대박으로 다가온다. 나는 알고 있다. 그녀는 모른다. 나만이 알고 있고 그녀는 다르게 생각한다. 덧붙여, 얼굴이 가려진 세트의 묘미와 일방적인 대면!

내가 그녀를 평소에 눈여겨보던 이유는 평범한 얼굴에 비해 여성스러움이 많아서였고 피부도 좋을 거 같아서 꼭

한번 해 보고 싶었다. 두 번째 셋업을 가슴까지 보이게 한 이유이기도 하다. 그녀의 여성스러움은 가슴에서 나오는 것이었다. 가슴을 어느 정도 만졌다고 생각하니 어떤 표정을 하고 있을까도 궁금하기도 해서 얼굴을 가리고 있던 천을 아주 조금만 보이도록 해 보았는데 다행히 눈을 감고 있어서 들키지 않고 있다. 그 상태로 3분 정도 하고 있는 지금…. 역시 대박이라는 것이 아래쪽도 꽤 맘에 들어서 태어나서 해 본 여성 중 2번째로 좋다고 인정한다. 그랬기 때문에 곧 나와 버리고 말았다. 뜨…. 아쉽다. 창피하다. 그래도 아직인 것처럼 움직이고는 있지만 곧 수그러들 것인데 여기서 끝낼 수는 없다. 다시 시도해 보면 어떨까….

콘돔의 앞부분을 살짝 찢어서 다시 넣고 움직였는데 안에서 콘돔의 구멍이 커지고 직접 닿게 되었다. 나의 콘돔이 제대로 있을 거라고 생각하고 있을 그녀…. 그녀가 모른다는 또 다른 은밀감에…. 다시 할 수 있게 되었다. 앗싸…. 먹혔다. 그녀의 가슴을 다시 즐길 수 있다. 태어나서 두 번째로 좋은 여성과 10분의 추가된 즐거움이 흐르고 안에 했다. 콘돔이 찢어진 걸 깜박한 나는 안에 해 버렸다.

실험은 그렇게 마무리되며 실험 참가자들은 떠나고 로봇 역할을 해 준 후배들이 아직도 누워 있는 것을 보고 있다. 귀여운 것들. 오늘 실험에 참가해 준 새로운 두 명의 후배는 가벼운 마음으로 친구를 믿고 혹해서 왔겠지만 나의 약점 잡기에서 벗어날 수 없을 운명의 덫에 걸려 버린 것이기. 이런 실험에 참기했다는 숨겨진 사생활을 내가 알고 있다는 것은 커다란 미스이다. 인생 최대의 미스이다! 그녀들의 약점을 끝까지 물고 늘어지며 절대적인 명령을 행사할 것이고 빼낼 수 있는 것은 모두 빼내서 끝까지 활용할 것이다!

아주 쉽게 노예가 되어 버린 후배들은 내가 명령하는 절대적인 파워를 몇 주 동안 경험하고 상황에 적응했는지 예상대로 또 다른 노예를 불러 주었다.

밤 7시가 넘어가고 있던 연구실에서 잠깐 구내식당에 다녀온 사이에, 기특하게도 테이블 위에 있던 로봇을 구석으로 밀어 넣고 자리 잡은 여성이 있었다. 로봇 대신 누워 있는 엉덩이가 큰 여성은 로봇인 척을 하고 벽을 보고 옆으로 누워 있었는데 로봇이 있던 자세 그대로 짧은 치마에 팬티를 입지 않고 있었다. 그래서 그 부분이 적나라하게 보이고 있다. 대단한 엉덩이이다. 그리고 대단한 광경이다.

책상에서 나무로 된 자를 집어 들고 여러 부분을 확인해 보는 척을 해 주었다. 우선 보이는 곳의 전체 길이를 재고 적나라하게 보이는 구멍 두 개의 길이도 가로세로를 확인해 주고 다음은 구멍 두 곳의 깊이를 확인하기 위해 손가락을 사용하였다.

"음, 이곳에 스크래치가 있군. 스크래치에는 연고를 발라 주는 것이 좋으니…. 잠시 기다려. 치료해 보지. 골고루 발라 줘야 하는데…."

골고루 구석구석 발라 주려면 딱 좋은 것이 있다. 내 것에 연고를 발라서 누워 있는 엉덩이가 큰 여자의 안을 구석구석 발라 주었다. 그녀의 스크래치를 잘 치료하기 위해 한 군데도 빠짐없이 골고루 골고루 발라 주었다. 여러 번 발라 주었다. 마지막으로 그녀의 큰 엉덩이에 더 좋은 연고를 발라 주었다.

어느 날 나를 감시하기 위해 누군가가 특이한 재질의 소형 카메라를 몰래 설치한 것이 발견되었다. 감히 스파이 전

문인 내 앞에서 스파이를 하다니. 누굴까? 이 정도의 실력이라면 분명 바이오 인체 공학을 전공하고 있는 다른 학과의 후배 한 명이 지목된다. 스파이를 목표로 공부하는 그녀가 나의 의심을 받는 것은 그녀의 실력만큼이나 당연한 사실일 것이다. 그리고 곧 밝혀진다. 새벽 1시였다.

열심히 연구를 하며 새벽 1시까지 있는 것은 아니다. 카메라를 그대로 두고 그것을 수거해야 할 다른 학과의 후배를 기다리고 있는 것이다. 연구하는 척을 하며 잡지를 보고 있었다.

그러던 중 깜빡 졸았는데, 눈을 떠 보니…. 자신이 설치했던 카메라를 가져가려고 애를 쓰고 있는 그녀가 책상 위에 서 있었다. 대박 장면…. 카메라를 찾지 못하고 있다. 아마도 책상 위의 불빛을 그녀의 몸이 가리고 있어서 카메라가 있는 쪽은 깜깜해서 보이지 않는 모양으로 책상 위에서 벽 쪽을 보고 카메라를 찾기 위해 안간힘을 쓰는 그녀가 재밌기만 하다. 카메라를 가져가서 나를 폭로하려는 그녀의 안이한 생각도 귀여운 부분이다. 나의 정보력과 영향력이 얼마나 막강한지 전혀 알아채지 못하기에 자신의 행동이 무모하다는 것을 전혀 눈치채지 못하고 열심히 하고 있는 모습이 매우 무모하고 무모하다. 무모도 정도가 있을 텐데 상대를 잘못 고른 것도 정도가 있지….

책상 위의 불빛은 약했지만 짧은 치마를 입고 있는 그녀의 까만 레깅스 부위를 아래쪽에서 제대로 비춰 주고 있어서 엉덩이 부위가 제대로 고해상도 사진처럼 자세하게 보인다. 그녀의 아담하고 동그란 엉덩이의 움직임을 관찰하는 것만으로도 보람찬 시간으로 지켜보는 즐거움을 선사해 준다. 까만 레깅스를 입은 여자가 은근히 좋은 것은 독특하고 예술적인 여자들이 많아서였을까. 불빛 조명에 비친 그녀의 레깅스 엉덩이를 절묘한 각도에서 보고 있는 나는 그녀가 어떤 여자일지를 상상하며 꽤 오랫동안 보게 되었다. 이런 각도는 만들려고 해도 힘들 것이고 이런 상황도 만들려고 해도 평생 오지 않는다.

그녀가 카메라를 떼어 내는 것에 성공했는지 움직이려 해서 보람찬 시간이 끝나고 있다. 아마도 책상에서 내려가기 위해 발판이 될 만한 곳이 있는 오른쪽으로 향할 것이다. 높이가 있기 때문에 책상 위에서 큰 스텝은 밟지 않을 것 같아서 오른발 바로 옆에 미끄러질 만한 기름을 살짝 발라 보는 나는 게임의 달인! 예측의 고수! 과연 그녀는 기름을 밟고 미끄러져 줄까…. 아니면 그냥 넘어가 버릴까…. 그냥 넘어가 버린다면 다음 계획은 없다. 운에 맡겨 본다.

예상대로 그녀는 책상의 높이를 신경 썼는지 짧은 스텝을 밟아 주었고 바로 책상에서 넘어졌다. 도와주려고 팔을 내밀고 싶었지만 그랬다가는 내 팔이 아플 거 같아서 도와주지 않고 그냥 넘어지는 것을 지켜보게 되었는데 아마도 충격이 컸는지 그녀는 기절해 버리고 그 상태로 책상 위에 누워 버렸다. 기절한 여자를 건드리는 건 내 취미가 아닌데…. 기막힌 아이디어가 떠올라서 실행에 옮겨 본다.

그녀를 전기난로 옆에 있는 따뜻한 침대 위에 모셔 두고 담요를 덮어 주었다. 10분이 경과하자 레깅스녀는 조금 꿈틀거리기 시작.

됐다! 그 타이밍에 맞춰서 나는 공부에 열중하는 학구파 모습을 연출한다. 5분이 더 지나면서 책을 보는 것이 지루해져 한계에 치닫고 있을 때 침대에서 일어나는 소리가 들려온다. 으흐흐! 곧 다가올 재미를 위해 학구파 연기는 조금만 더…. 조금만 더…. 조금만 더…. 조금만 더…. 다행히 그녀가 조심스럽게 다가왔다. 내 옆에 서 있었는데 그래도 여전히 나는 모른 척을 한다.

"저기, 저기요."

"아, 일어나셨네요! 춥지는 않으셨나요."

"이런 분이신 줄 몰랐습니다만⋯ 나쁜 소문만을 듣고 행동에 옮기려 했던 제가 어리석었습니다."

"아닙니다. 사람마다 한 가지 일을 두고도 해석이 다르기 때문에 이해하는 부분입니다. 저는 제 역할에 충실하고 있을 뿐입니다."

여자는 반전이 있는 남자를 좋아한다. 특히 나쁜 남자가 착하게 보일 때가 절호의 찬스!

"밖이 추운데 더 주무셔도 됩니다. 무엇하면 제가 자리를 뜰 수도⋯."

"잠깐요! 당신이 어떤 사람이든지 상관없이 따뜻한 당신에게 영원한 사랑을 바치겠습니다."

오! 상상을 넘어선 의외의 단어들이 흘러나온다. 혹시 말 잘 듣는 대박 청순 미녀를 낚은 것인가! 이런 행운이 일어나도 괜찮은 것인가! 으하하하하! 나는 아무래도 연기자로 직업을 바꿔야 할 것이고, 곧 아담하고 탱탱하고 귀여운 엉덩이를 만질 수 있게 된다. 참는 것은 쉽지 않았다. 다가올 즐거움을 위해 참을 만큼 참았다.

"그럼 한번 하게 해 주세요."

"저, 그건…. 안 됩니다. 처음이라 안 됩니다."

"그럼 넣고 가만히 있을게요."

"가만히 있으면 어떻게 해요. 움직여야죠."

"그렇죠…."

우선 레깅스의 중요 부위를 찢어서 마음이 바뀌기 전에 바로 넣었다. 착하니까 당하는 것이다. 세상을 그렇게 만만하고 달콤하고 동화처럼 생각하니까 나 같은 자들에게 당할 수밖에 없는 것이다. 나 같은 사람을 이기려면 두 번, 세 번의 경우의 수를 생각해도 어림없다. 안이하게 돌아다니니까 어쩔 수 없는 일이다. 무서운 현실을 모르고 동화책이나 읽고 다니니 쉽게 속아 넘어가 버리는 것이다. 현실 직시가 안 되면 당연히 우리의 밥이 된다. 사자 앞의 어린 사슴이다.

로봇에 대한 경험이 전혀 없는 나의 기술력에 대해서 의심하는 사람들이 생길 것을 방지하기 위해 라이벌은 필요하다. 나의 기술력에 대응할 라이벌 정도의 대립 구도를 만들어 놓으면 사람들은 '누가 더 나은가?'라는 스포츠 게임 같은 구조에 열광하며 정작 나 자신의 본모습에 대해서는 전혀 신경을 쓰지 못하게 되어 버리는 간단한 방법이 있다. 나의 배후에서 지원해 주는 거대한 집단의 힘 역시 전혀 예상하지 못하게 만드는 더블 트랩(Double Trap)이다.

라이벌 대립 구도를 위한 프로젝트로 로봇인지 사람인지 알아맞히기 게임을 방송화하는 일을 진행하였다. 물론 나는 출연하지 않고 후원자가 된다. 다른 과학자들을 초빙하고 나는 한 발짝 물러서서 뒤에서 하고 싶은 것들에 충실하면 라이벌 대립 구도는 게임의 형태로 알아서 움직여 주게 된다.

이번은 누구의 로봇이 괜찮았고 다음은 어떤 이의 로봇이 획기적이었고 또 다음에는 괜찮았던 로봇이 실수로 무너지기도 하고 그렇게 짜인 각본에 사람들은 열광하고 똑같은 패턴으로 매년 반복하여도…. 로봇 제작자들이 전부 같은 팀이라는 것을 알아채지 못하는 사람이 대부분이다.

이와 같은 패턴은 사회의 구조에서 쉽게 발견되는데 다른 정당의 이름으로 대립 구도를 만들어 국민들을 지배하는 기술이 있고, 공산주의나 민주주의 같은 대립 구도로 세계를 지배하는 기술도 같은 이치가 된다.

내가 앞으로 나서지 않고 한 발짝 물러나 있는 이 구도는 …. 다른 제작자들이 서로 싸우다 무너지는 '알아서 자폭하기 작전'의 전형적인 패턴이다. 너무 설치고 다녀서 좋을 것도 없고 빠질 때와 들어갈 때를 구분하는 프로페셔널의 생활은 선견지명이며 탁월한 선택이었다고 역사가 말해 주게 된다. 결과가 좋으면 시간의 역사는 나의 편이다.

결과적으로 나의 인지도와 재산을 불려 나가게 될 로봇 맞히기 프로그램의 내용이나 진행 과정은 어떻게 되든 항상 오케이! 조금 신경 쓴 부분은…. 비과학적인 부분에 초점을 둔다는 계획으로, 로봇을 구분하는 부분은 코미디로 만들어서 과학적인 부분에 관심이 쏠리는 것을 피하고 그 대신 평범한 여성 한 명을 출연시키는 과정에 초점을 두어서 사람들을 열광하게 만든다. 로봇 이야기는 이번 프로젝트의 백그라운드일 뿐이다. 내가 모르는 분야에서 점점 손을 떼면서 한 걸음 더 위로 올라가는 지름길의 과정인 것이다.

32세 독신 여성. 좀처럼 사람을 만나지 않는다. 게임만 하다 보니 서른이 넘었다고 한다. 혼자 있다 보면 많은 상상을 하게 되고 그만큼 많은 실수도 저지른다. 감추는 부분도 많았던 그녀를 섭외하기 위해 게임 회사를 해킹하여 신상 정보를 파악하였고 완벽함을 추구하던 그녀가 도움을 청한 사람에게 도움을 주지 않고 도망가 버린 사건을 추궁하였다. 그 사실을 세상에 알리지 않는 조건으로 한 번만 로봇인 척해 달라는 요구를 하였다. 3일 만에 오케이! 신호를 보내온 그녀가 출연하는 날이다.

"정말 한 번만 로봇인 척하면 되는 거죠? 아무도 제가 사람인 거 모르는 거죠?" 이런 질문을 또다시 해 오는 그녀에게 당연히 그렇다고 해 주었다. 그날 로봇인 척하는 그녀의 얼굴은 모두에게 공개되었고 그 사실은 그녀만 모른다. 그녀는 다시 집에서 게임에 열중하며 세상의 뉴스를 듣지 않을 것이다.

설마 '다리 벌리고 쪽쪽'이라는 유행을 자신이 만들었다는 사실은 꿈에도 모를 것이다. 본방보다 재밌는 리허설 시간. 로봇인 척하는 상황을 위한 리허설 장소에는 소파와 테이블이 있다.

기분에 따라서 전부 벗기고 테이블에 눕히기도 하고 소파의 팔걸이 부분을 감싸 안고 있게도 하고 의자 위에서 무릎을 구부리고 앉게 해 상체를 숙이게 하는 작게 되는 자세도 연출하는 등 소품을 이용하는 자세들을 사용할 때는 오랜 시간 동안 모든 부위를 쪽쪽 키스하고 싶을 때이다. 여자들은 개개인 한 명 한 명이 다르고 모두가 자기만의 개성을 갖고 있다. 팬티도 다르고 냄새도 다르고 모양도 다르고 위치도 다르다. 소리도 다르고 각도도 다르고 피부도 다르고 폭신함도 다르고 깊이도 다르다.

공식적으로 방송을 후원하는 역할을 하고 있는 나는 숨겨진 최고의 액터(Actor)이다. 세상에는 다양한 액터가 존재한다. 한 나라를 대표하는 사람들 중 액터도 많이 숨어있다. 여기서 액터는 누군가의 꼭두각시로 한 나라의 대표라는 직책만 받고 나라를 이끌어 가지는 않는 사람과도 비숫하다. 미국에서 자주 발견되어 온 현상이다.

평범한 여성의 약점을 잡아서 출연을 받아 내는 일은 의외로 간단하다. 약점을 잡기 위해 가장 쉬운 방법은 타락시키기. 타락시키기 위한 최적의 환경을 만들기 위해서, 사람의 인격과 근본을 무너뜨리는 방법이 쓰여 왔다는 것은 많은 분이 간과하는 부분이지만 타락시키기 좋은 환경을 교육에서 만들어 주었기에 내가 이렇게 활보하며 다니는 것이 가능하다. 물론 교과서뿐만이 아니고 공공 서적에서도 공식적인 미디어에서도 타락시키기 계획은 오래전부터 시행되어 왔기 때문에 나의 손을 덜어 주는 감사한 교육 관리 시스템이 된다.

예를 들면 진화론이 사람의 근본을 무너뜨린다고는 대부분 상상하지 못할 것이다. 성경에 반대한다는 대립 구조를 형성했기 때문이다. 진화론을 무시하면 종교론자라는 편견을 갖게 한다. 실제로 진화론과 종교는 관련이 많지 않다. 학교의 교과서에 대대적으로 쌓여만 가는 비과학적인 내용들이, 공식적으로 인정받고 고쳐 쓴 역사들이, 고쳐 쓴 종교들이 교묘하게 자리를 잡아 왔다. 수십 년 그렇게 했더니 학생들은 나이가 들면서 로봇화가 되어 가기 시작한다. 꾸준한 교육의 효과가 절대적인 명령처럼 자리를 잡아 버리고 그 학생들은 절대적인 명령에 복종하는 로봇이다. 자신의 의지를 구분하지 못하고 끌려다니는 로봇이다. 자신도 모르는 사이에 마약, 문신, 사이비 종교 같은 거대한 물결 현상도 자연스럽게 받아들이며 자신의 생활에 집어넣고 주위에 권장도 한다.

문신도 사람을 타락시킨다. 이 부분에 대해 크게 신경 쓰지 않는 사람도 많이 있다. 자신의 아이들이 티브이에 나오는 유명한 사람이 하는 것을 무작정 따라 하는 것에 대한 위험성을 모르는 경우가 많다. 왜냐면 조작된 교육책을 읽고 자란 그 아이들이 자라서 그 아이들의 부모가 되었기 때문이다.

조금 실감 나도록 예를 들면, 자동차에 스크래치가 나면 애착을 쏟아붓던 차에 정이 떨어지기도 한다. 그림을 그리다 무언가 어긋나고 신경이 거슬리는 부분이 발견된다든지 맘에 들지 않게 되면 그 그림을 찢어 버리기도 한다. 사람의 피부에 그림을 그리는 것은 사람을 갈기갈기 찢어 버리는 것을 야기하기도 하고 문신을 하나씩 늘려 나가는 것은 마음을 조금씩 갉아먹게 하는 현상을 야기하기도 한다. 그래서 애초에 문신은 위험한 행동이다. 유행처럼 자연스럽게 번져 나가기엔 너무 위험한 것이다.

위험하지만, 그런 타락시키기 계획들에 정신이 무너진 사람들은 아주 쉽게 조종이 되어서 나의 길을 밀어 준다! 나의 인생을 위해 그들은 절대적인 복종을 해 올 것이다. 고마운 일이다. 자연스럽게 비윤리적인 것들이 윤리적으로 인정을 받고 있는 대단한 세상이 되어 버렸어!

로봇화의 방향이 잡혀 가고 있다. 세상은 아주 간단하지만 그 간단한 진실을 보지 못하도록 복잡하게 만드는 것이 또한 우리 같은 인플루언서들이 하는 일이 된다. 오늘 내가 많은 걸 말해 버렸군. 그럼, 다음에 또. 타락의 길로 환영합니다!

백신 프로그램의 전설은
감옥에서 마감하다

머리에 타격을 받고 쓰러져 있던 나는 로봇인 척했던 그녀가 창문으로 탈출하는 것을 확인하며 정신을 잃었다. 그리고 깨어난 곳이 이곳 감옥이다. 경직에서 벗어나는 듯한 이상하도록 뻐근한 몸은 죽었다가 살아났다는 것이라고 생각을 들게 할 정도로 뻐근하다. 근육이 아직 내 것이 아닌 것처럼 뻐근한 게 움직일 때마다 느껴진다. 아직 회복 중이라고 할 수도 있고 겨우겨우 살아나서 겨우겨우 움직인다고도 할 수 있다. 죽었다 살아난 것 같다는 생각이 떠나질 않는 이유는 지금까지의 일들이 주마등처럼 스쳐 지나갔기 때문이다. 그런 와중에 나의 기술이 혹시 필요할지도 모르니 우선 살려 놓는 게 낫다는 목소리가 암흑 저편에서 들려왔던 것도 기억에 있다. 그들은(누구인지는 모르겠지만) 잠시 동안은 나를 살려 두고 내 기술이 간파되는 대로 나를 폐기 처분을 할 것이라는 상황에 나는 놓여 있다. 우선 살아 있다는 것에 희망을 가져 본다.

이 감옥에는 여러 인종이 모여 있고 건물의 크기가 상상이 안 될 정도로 거대한데도 죄수들로 여겨지는 사람들은 40명 남짓으로 점심시간에는 기다란 스테인리스 스틸 재질의 식탁 3개가 놓여 있는 급식실에서 밥을 먹을 수 있도록 해 주고 유일하게 여자와 이야기할 수 있는 기회도 주어지게 된다. 급식을 나눠 주시는 아주머니이시다. 불쌍한 눈빛으로 밥을 허겁지겁 먹는 내가 애처로워 보였는지 그 아주머니는 나에게 언제나 상냥하시다. 그 아주머니에게는 내가 고등학생 정도로 보이는 모양이다. 물론 아니라고 여러 번 설명해 드렸다.

사람은 자신의 죽음이 가까워지면 감으로 알게 되는 것일까. 아무래도 곧 내가 제거될 거라는 압력이 몰려오고 있고 며칠 남은 시간 동안 무엇인가 해야 한다는 열정 또한 강하게 몰려오게 되었는데 꼭 가 봐야 할 곳으로 내가 지목한 곳은 2층 구석의 아무도 출입하지 않는 공간이다. 어둡고 차갑고 아무도 출입하지 않는 공간이지만 그곳에는 사람이 있다.

그곳에 접근하기 위해 식당 아주머니와 친하다는 세탁 전문 아주머니와 연결이 되었다. 돈세탁은 아니고 옷을 세탁하는 곳에서 정보 세탁을 해 주실 만한 입이 무거운 아주머니를 지칭하기 위한 특별한 단어인 세탁 전문 아주머니다. 나는 그날 밤 세탁실에 들어갔다. 맘에 드는 옷을 한 벌 가져갈 수 있도록 허락해 주신 고마운 세탁 전문 아주머니는 이렇게 말씀하셨다.

"곧 안녕일 거 같은데 원하는 거 뭐든지 가져가. 한 번만 눈감아 주지. 그렇다고 내 팬티는 가져가면 안 되니까!"

내가 사라질 거라고 감을 잡고 계시는 세탁 전문 아주머니는 내가 슬프지 않도록 농담도 덧붙여 주셨다. 옷 한 벌을 골랐다. 사람이 죽음의 문턱에 서면 자신을 살려 줄 아이템을 감으로 알게 되는 것일까.

내가 고른 옷은 한 번도 입지 않은 박스에 담겨 있던 교도관의 옷! 그 옷이라면 아직 주인이 배정되어 있지 않은, 아마도 없어진다 해도 배송 과정의 착오로 여겨질 만한 옷일 가능성이 생긴다. 감사의 마음을 전하고 문을 나가려는 순간,

"잠깐, 학생!"

아주머니는 자신의 팬티를 벗어서 나에게 주셨다.

"이거라도 가져가. 그러면 침범이 확실해져서 내가 안전해져."

말은 그렇게 하셨지만 얼마 남지 않은 나를 위한 특별한 배려임이 분명하다.

교도관의 옷으로 갈아입고 구석의 차가운 기운이 넘치는 방에 곧 도착하였다. 걸어가는 길에 마주친 사람은 없었다. 그리고 아주머니의 팬티는 행운의 아이템으로 주머니 안에 꼭 숨겨 두었다. 차가운 방은 이야기할 수 있을 정도로 작은 구멍이 여러 개가 있고 안이 제대로 보이지는 않는다. 그 안에 아저씨가 한 명 있다는 것을 깨닫고 인사를 하였다. 그리고 나의 소개를 간단히 하였다.

"그래서 당신은 로봇을 만들었지만 정신을 잃고 이곳에 갇혀 있다는 말이로군요. 대단한 일을 하면 위험해지는 세상입니다. 바로 기술을 빼앗기거나 아니면 바로 사회에서 제거되거나 하는데 그래도 아직까지 살아 있다는 건 운이 좋은 겁니다."

"그렇네요. 좋은 말씀 감사합니다. 그런데 이니서 많이 듣던 목소리 같기도 합니다. 혹시 제가 알고 있던 분이신가요?"

"아, 저는 모두가 알고 있다고도 할 수 있습니다. 컴퓨터마다 깔려 있는 저의 이름은 듣기만 해도 히스테리가 몰려올 거 같아 말하기도 꺼려지는 이름이기에 그냥 가명으로 말하자면 '고양이 생선'이라고 합니다. 나의 이름은 최강의 바이러스 프로그램이라고도 하는, 아주 오랜 세월을 여러분의 모든 것을 스파이해 온 지상 최대의 스파이 작전의 중심에 있던 이름입니다."

스파이 작전의 중심에 있던 인물로 바이러스 프로그램…. 자신을 소개하지 않고 수수께끼를 던지셨다. 이 수수께끼를 풀면 다음 단계의 정보를 얻을 수 있을 것 같다.

"고양이 생선이라고 합니다."라고 하지 않고 "고양이 생선라고 합니다."라고 하였다. 만약 다른 뜻어가 숨어있는 것이라면 고양이 생선은 영어로 Cat Fish. Cat Fish는 고양이 수염을 가진 메기(Maggie) "메기라고 합니다."라면 자연스럽다. 하지만 메기(Maggie)는 여자의 이름. 여기서 한 단계 발전해, 원래 있어야 할 '이'라고 합니다가 자리를 찾아간다면 "멕이라고 합니다."로 고쳐 쓸 수 있다. 멕, 멕가이버는 아닐 것이다. 멕킨토시도 아닐 것이다.

바이러스에는 백신. 바이러스를 스파이하는 백신. 백신은 컴퓨터에 접근하는 권한. 컴퓨터 바이러스를 스파이하는 유명한 백신 프로그램! 그렇다면!

"저에 대한 뉴스는 요즘 어떻게 나오고 있습니까?"

"반미치광이에 망나니입니다."

"그렇군. 역시 그렇군. 직접 들으니 기분은 썩 그렇지만…. 항상 쓰는 그들의 레퍼토리는 변하지 않는군요."

"항상 같은 수법이죠. 바뀔 때도 되었는데 말이죠."

"제가 말하는 그들을 이해하신 겁니까?"

"네, 그 정도는 알고 있습니다."

"자네 목소리야말로 어디서 듣던 목소리인데…. 혹시 친척 중에 최근 떠나신 분이…."

"있습니다. 장례식에 간 적이 있었지만 제가 잘 알지는 못하는 친척입니다. 유일한 친척이기도 합니다. 저희 삼촌을 알고 계십니까?"

"알고 있습니다. 저는 그 삼촌과 대립 구도였다고 생각해 주시면 될 것 같습니다. 한 가지 물어보겠습니다."

"네, 부탁드립니다."

"진나라의 중국 통일은 유명한 이야기입니다. 최근에는 만화로도 인기를 끌고 있죠. 모두가 평안한 세상을 위해 무차별한 무력을 사용해서 정복해도 괜찮다는 이야기로 몰고 가는 경우도 있습니다. 어차피 일어날 전쟁이니까 전쟁으로 세상을 정복해도 정당화가 된다는 그런 이야기는 사명감과 정의로움까지 가세해 영웅적인 행동으로 묘사되기도 합니다. 학생의 생각을 듣고 싶습니다."

"그 부분은 복잡한 사실들이 얽혀 있는 것처럼 보이지만 시간에서 한 발짝 물러나 생각한다면 간단한 결론에 도달할 수 있다고 생각합니다. 천 년이라는 단위로 나눠 보면 어떨까요."

"천 년?"

"세상의 지표는 천 년으로 보면 간단해지기도 합니다. 현재는 기원후 2천 년 정도가 지나고 있고, 기원전 2천 년 전 시대는 소돔과 고모라가 망하던 시기였습니다. 그리고 로마가 망하고 천 년 후에 생겨난 집단이 1차, 2차 세계 대전을 일으킨 후 백 년 동안 세상을 지배하고 있는 시점입니다."

"오! 학생! 꽤 그럴싸합니다! 재밌는 사람을 또 한 명 발견하다니…. 더 말해 주십시오. 천 년이라는 이야기 더 듣고 싶습니다."

"감사합니다. 그런데 1차, 2차 세계 대전을 누군가 일으켰다는 저의 말에 놀라지 않으시네요. 그런 분은 처음입니다."

"사실 굉장한 발언을 하신 겁니다. 바로 제거되어도 무방한 단어를 사용하였습니다. 제가 보충 설명을 해 드리면 학생이 지금 해 주신 말은 1차, 2차가 전쟁이라기보다 특정 인물들을 제거하기 위한 싹쓸이 과정이었다는 이야기입니다. 그렇게 이해해도 되겠습니까?"

"그렇습니다. 제가 더 이상 이야기를 할 필요가 없을 정도로 간단명료한 보충 설명입니다.

그럼 진나라의 중국 통일에 대한 이야기를 하겠습니다.

정복에 성공한 진나라에게는 사람의 문명을 펼쳐 나갈 기회가 주어진 것일 겁니다. 정복 과정이 아무리 악랄하다 하여도 승리를 하였기에 굉장한 권한이 주어진 것은 사실입니다. 그 과정에 대해 원한을 품고 있는 사람들도 많겠지만 정복한 후로 제대로 된 문명을 이끌어 준다면 정복당한 사람들도 결론적으로는 잘했다고 인정해 줄 수도 있습니다. 시간이 걸리는 작업이죠."

"과거는 용서하고 사람을 생각하는 문명의 미래를 보겠다…. 이런 얘기십니까?"

"그렇습니다. 과거를 보고 욕하는 것보다 현재 진행 중에 있는 문명을 바르게 하기 위해 열심히 노력할 것입니다."

"간단명료한 이야기 고맙습니다. 바로 알아들었습니다. 그렇다면 저도 간단명료하게 학생에게 기회를 주겠습니다. 그 문명의 미래를 위해 한번 열심히 해 볼 기회를 드립니다. 저는 아쉽게도 정복한 사람들과 관련된 사람이지만 그래도 학생이 그 정도까지 이야기한다면 기회를 드리겠습니다. 어차피 학생의 남은 인생은 며칠입니다. 제가 드리는 기회를 받아들여도 나쁘지는 않다고 알려 드립니다. 여기서 나가는 걸 성공하시면 저로부터 인위적인 방해나 압력은 없을 것이고 도움도 역시 없을 것입니다. 지켜보겠습니다. 그럼 간단명료하게 길을 열어 줄 코드를 하나 드립니다. 어디든지 접근 가능한 키, 골든 액세스(Golden Access)입니다."

멕 아저씨는 자신의 손톱을 벗겨서 구멍 사이로 던져 주셨다.

"자세한 말은 할 수 없으니 착용해 보면 알게 될 것입니다."

그 손톱의 껍질은 아주 얇았고 반투명한 재질 안으로 바이오칩이라 생각이 드는 회로들이 보였다. 메탈 재질이 없는 바이오 공학…. 바이오 공학의 약점은 온도에 취약한 점이 있을 것이다. 살아 있는 생물들은 공기 속에서 숨을 쉬고 주위에서 영양분을 섭취하면서 재생 능력이 있어서 온도의 차이에 따른 세포의 변질 반응은 어느 정도 극복이 가능하다. 하지만 생명체가 아닌 바이오 공학으로 칩을 만들었을 때 온도 변화에 신경을 써야 하는 부분이 있다. 방금 전해 받은 바이오칩은 인체에 부착하는 방법으로 오랜 보존을? 아니, 지금의 경우는 바이오칩과의 의사소통으로 칩을 키워 왔던 것은 아닐까? 이런 작은 공간에 갇혀 있는 사람의 유일한 희망과 재미를 나에게 전달해 준 것일 수도 있게 된다.

"그건 그렇고 학생, 주머니에 있는 그 물체는 무엇인가요?"

"잠깐 이야기 나눴지만, 신뢰가 가는 말씀 감사드립니다. 그리고 소중한 칩을 저에게 전달해 주셔서 정말 감사드립니다. 제가 획득한 이 소중한 아이템… 고양이 생선 아저씨에게 드리겠습니다. 세탁실에서 정보를 관리하시는 입이 무겁고 매력 있는 젊은 아주머니의 팬티입니다."

"오…. 고맙고 황송하게 받겠습니다. 그 세탁실의 아주머니를 우연히 본 적이 한 번 있었는데 음…. 딱 내 스타일이어서 잠시 시간이 정지한 채로 매료되었던 적이 있었습니다. 그랬었는데… 이 아이템으로 나의 마지막을 후회 없이, 미련 없이…."

"마지막? 마지막이라고 하셨습니까?"

"언제가 마지막일지 모르지만 제가 눈을 뜨고 있을 때까지 학생을 지켜보겠습니다. 지금 바로 출발하세요. 이곳에서 나가시려면 시간이 생명입니다. 그분의 조카라면 운도 따라 줄 것입니다. 해낼 수 있을 것입니다."

나의 삼촌은 도대체 어떤 사람인 것인가! 운으로 끈질기게 생명을 부지한 사람처럼 들린다.

전해 받은 칩을 내 손가락에 붙이려 하자, 멕 아저씨가 설명을 추가한다.

"눈에 착용하세요. 렌즈입니다. 골든 키를 탑재하고 있습니다. 생체 공학으로 만들어져 신체의 일부가 되어 주고 칩이 심어진 곳이라면 접근과 통제권을 갖게 됩니다."

"알겠습니다. 착용합니다. 마지막으로 남기실 말씀은 없으십니까?"

"이곳에 다시 돌아오게 된다면 세탁 아주머니에게 고맙다는 메시지를…."

나는 차가운 구석에서 나와 복도를 보았다. 골든 키를 눈에 착용하자 보안 카메라를 인식하고 옵션을 보여 준다. 어떤 곳에 누가 있는지 알 수 있었고 심지어 카메라에서 나의 존재를 사라지게 할 수도 있었다. 작동 방법을 몰라도 사용할 수 있는 친사람적인 과학의 깊이를 체험하고 있다. 그런 식으로 차근차근 여러 개의 문을 지나 마지막 관문인 건물의 입구에 다다를 때까지 운 좋게 사람들과 마주치지 않았다. 이 입구도 운 좋게 넘어가면 좋겠지만…. 이런 생각을 하고 있는 사이에 문이 자동으로 열렸다. 나는 운이 좋은 사람인가!

마지막 관문은 자동문이었다. 나에게 반응해서 자동으로 열려 버린 이유는 아마도 내가 착용하고 있는 교도관의 옷 때문일 것이 분명하다. 이때 나는 깨달았다. 이 옷은 교도관의 옷이 아니었고 장교급이나 별이 있는 사람들에게만 주어지는 권한을 탑재하고 있던 코드가 숨겨진 옷이라는 것을 골든 키가 말해 주었다. 그럼 모든 상황이 이해가 간다. 그토록 쉽게 다다를 수 있었던 구석의 차가운 방과 아주머니가 자신의 팬티를 주어야 했던 이유를.

공기 로봇 우와(ㅁㄱ)

바람과 상관없이 움직이는 미세한 공기의 흐름과 대화를 시작한 지 몇 개월이 흘렀을 때 그 흐름은 공기 중의 분자들이 충돌하여 만들어 내는 열에너지가 아니었고 그냥 흘러가는 전자기장이라는 사실을 다시 한번 확인하였다.

1년이 지나갈 무렵에는 내가 보내는 움직임에 반응을 해 주기 시작하였다. 의사소통까지는 아니었고, 나의 움직임에 대해 알아차릴 수 있을 정도의 반응 패턴을 보여 주게 되었다. 그 반응이 의사소통으로 발전해 가던 2년 정도가 지나가는 시점에서 나는 자연적으로 깨닫게 되었다. 그 형상은 사람과 비슷하다는 것을. 내가 양손을 내밀면 앞으로 달려가 주었고 오른손 주먹을 쥐고 안쪽으로 15도 비틀어

아래로 내리면 앉아서 낮은 보폭을 한다. 내가 전력으로 제자리 점프를 할 때 그 공기의 흐름은 하늘을 3미터 정도 날아올랐다가 착지해 주었다.

우와!

공기의 흐름에서 발견되는 성분들을 분석해서 수소와 헬륨 그리고 크립톤의 반응을 기록하기 시작했다. 그 결과물은 나의 팔뚝에 장착할 수 있는 의사소통을 위한 제작물이었다. 언뜻 보면 오래된 옷장의 손잡이처럼도 보이는 금색 빛을 띠고 있는 컨트롤러였다. 나의 움직임만으로 컨트롤하는 것은 많은 집중을 요하였고 실패하는 경우가 많았기에 정확하고 다양한 컨트롤이 가능하게 된 이 금색 빛의 컨트롤러는 의사소통의 레벨을 몇 단계 올려 주었다. 이 정도면 이제 공기 로봇이라고 불러 주어도 괜찮을 시간이 아닐까.

공기 로봇에게 이름을 주었다. 공기의 흐름이라는 의미의 히브리어 '우와(וורא)'라는 이름을….

우와는 그리스어로 뉴마(Pneuma)라고 하고 영혼이라는 의미도 지니고 있다. 우와의 마나는 무한대이다. 전자기 흐름을 원동력으로 하는 그 파워는 바람처럼 약하다. 아쉽지만 약한 로봇이다. 인체가 움직이는 원동력이 되는 전자기장 정도의 힘이고 이 로봇의 더 큰 약점은 완전한 진공 상태에서는 파멸할 가능성이 있다는 것이다. 틈이 없는 곳에 갇혀 버리면 빠져나올 수도 없다.

그것보다 더 큰 약점은…. 이 로봇이 파멸하는 동시에 조종하는 사람의 영혼도 같이 파멸되어 버릴 것 같다는 불길한 예감도 있었다. 그래서 우와는 아직 내가 건드릴 로봇이 아니라는 생각에 오랜 세월 작별하고 있게 되어서 "나중에 때가 되면 다시 만나자, 우와!"라고 인사했지만 상황이 급박해진 나는 우와의 도움이 지금 필요하다.

탈출에 성공하고 나의 연구실로 바로 향하였다. 목적지가 20분 정도 남아 있는 시점에서 기차에 앉아 있는 나는 그동안 일어났던 일들에 대해 조사를 시작하였다.

나의 이름으로 활동하는 사람이 있다. 그자임이 분명하

다. 나의 연구를 빼앗아 가고 나의 꿈같은 시간을 빼앗아 가고 나의 잊지 못할 여인을 위험 속에 몰아넣고 나를 죽음으로 몰아넣었던 그놈이다. 내가 있던 자리까지 차지하고 있는 이놈은 보통 놈이 아닐 것이다. 다른 사람이 갖고 있지 않은 기술과 정보를 갖고 있을 확률이 높다. 그자를 대면하면, 물론 머리를 망치로 강타당하ㅏ는 더 상한 쇠뭉치로 그놈의 머리를 날려 주고 싶다. 마음은 그렇지만 정작 제대로 사건을 해결하기 위해서는 더 신중하게 생각하는 것이 좋다. 나만이 아니고 주변 사람들도 연관되어 있을 것이고 그들의 운명도 바뀔 수가 있을 것이기에 더 신중하게 생각하는 것이 나를 위한 것이기도 하다.

도착한 실험실은 비어 있었다. 물건 하나, 먼지 하나 없이 정리되어 있었고 사람의 흔적이 사라진 지 오래다. 나는 이 비어 있는 공간을 다시 깨우려 한다….

"우와! 오래 기다렸어! 자, 오랜만에 산책이나 해 볼까!"

벽에 붙어 있는 옷장에서 공기의 흐름이 나온다. 벽에 붙어 있는 옷장이라서 가져가지 못한 것이다. 나는 거대한 희망에 휩싸인다. 어쩌면 큰 도움이 이곳에 있다!

벽장의 손잡이 하나를 잡고 오른쪽으로 비틀어 뽑아내어 나의 팔뚝에 부착하고 나머지 손잡이 하나도 비틀어 뽑아내서 다른 팔뚝에 부착했다. 오래된 앤티크 서랍장의 손잡이처럼도 보이는 이것은 생체 공학으로 만들어진 것이고 나의 근육과 그 각도와 생각에도 어느 정도 반응해 주며 공기의 성질에 대한 데이터와 전기장에 대한 흐름의 조종 기술이 숨겨져 있는 컨트롤러가 된다. 게임의 컨트롤러 같은 것이다.

　　보이지 않는 로봇 우와는 내가 어린 시절에 보관해 두었기에…. 도청 장치와 감시 카메라가 발달한 지금도 그 누구의 눈에 띄지 않았던 것이다. 그래서 이렇게 안전하게 재회를 하게 되었다. 원격으로 공기를 움직이는 기술로 아직 컴퓨터의 버튼 정도를 클릭할 만한 파워밖에는 갖고 있지 않지만 어떠한 형태로든 변할 수 있고 어디든지 여행이 가능하다. 원거리 여행이 가능해진 것은 컨트롤러의 도움이었다. 오래전에는 오렌지 서프보드에서 휴식을 취해야 하는 약점이 있었지만 이제는 나의 컨트롤러가 자동으로 충전해 주기에 거리에 대한 제약도 사라졌다.

공기 로봇 우와(ㅁㄱ)

내가 없어져도 공기 로봇 우와는 불멸이다. 사라지지 않는다. 하지만 공기 로봇이 없어진다면 나도 같이 사라진다. 이것은 컨트롤하는 사람의 위험성과 책임감이다.

기술에는 위험도 뒤따르는 법. 죽음까지 다녀왔던 나는 지금에야 비로소 마음의 준비가 되었다. 앞으로 더 업그레이드해야 할 부분도 있는 우와가 현재 할 수 있는 정도의 일은 ... 틈새가 작은 곳도 통과해서 컴퓨터의 키보드 버튼을 눌러 정보를 입력하는 정도일 것이다. 종이 한 장 정도의 아주 가벼운 물건 정도도 옮길 수 있다. 그리고 잔인한 기술이 되겠지만 귓속의 달팽이관에 접근해 바늘이 찌르는 듯한 고통을 주는 것도 가능하다.

나는 돌아왔는데 한 명이 아직 없다. 여성형 로봇의 모델이 되어 주었던 고마운 그녀는 아직 이곳에 돌아오지 않았다. 아쉬움도 많고 보고 싶기도 하지만 나는 해야 할 연구가 있다. 고양이 생선 아저씨가 전해 준 렌즈는 네트워크 하나 정도의 절대적 권한을 갖는다. 내가 지금 해야 할 일은 비밀의 골든 키를 탑재하고 있는 이 렌즈를 업그레이드하는 것이다.

중요한 업그레이드가 결정이 되는 순간에 그녀는 또 찾아왔다. 로봇인 척해서 안전하게 탈출에 성공했던 그녀는 느닷없이 창문으로 다시 찾아왔다. 얼마나 열심히 올라왔는지 온몸이 땀으로 범벅이 되어 있었다. 상체는 창문을 넘어섰으나 더 이상 올라오지 못하고 있어서 나는 그녀를 끌어 올려 주려 하였는데 얇은 옷을 입고 있는 그녀를 딱히 잡을 만한 곳이 없었다. 그래서 어쩔 수 없이 그녀의 엉덩이를 잘 받쳐서 안전하게 안으로 입성시켰다.

"아니 왜 창문으로….."

"헉헉. 그게…. 헉헉."

숨이 차서 말을 잇지 못하는 그녀다.

"그게, 사라졌던 곳으로 다시 나타나면 재밌을까 하구요. 그랬는데…. 헉헉."

"재밌었습니다! 그렇게까지 해 주셔서 감사합니다!"

"헉헉. 숨차…. 재밌었다니 성공이네요. 후후!"

오랜만에 만난 그녀는 바로 이어서 이렇게 말하였다.

"렌즈의 기술과 공기 로봇을 접목하면 어느 정도로 강할까요?"

느닷없는 그녀의 질문에 나는 자연스레 대답해 주었다.

"그야…. 그 정도면 천하무적이 될 것입니다."

앗! 그녀는 나만이 알고 있다고 생각했던 공기 로봇을 알고 있다. 한 번도 출동한 적이 없는 우와에 대해서 알고 있고, 게다가 나에게 전해진 골든 키를 탑재하고 있는 인체공학의 렌즈에 대해서도 알고 있다. 그렇다는 건 내 주위에서 나를 지켜보고 있었다는 뜻일까. 그래서 항상 로봇에 대한 중요한 결정을 내렸을 때, 바로 찾아와서 나를 도와주는 그런 시스템인가. 내가 로봇을 만들도록 도와주는 역할을 갖고 있는 그녀인 것인가. 저번에도 그녀가 없었다면 여성형 로봇의 제작은 지연되었을 것이다.

"제가 모든 걸 알고 있는 것처럼 보여도 저는 평범한 사람입니다. 언제든지 이웃에서 볼 수 있는 평범한 여자로 로봇에 관심이 많고 게임을 좋아합니다. 게임보다도 더 재밌는 일이 일어날 것 같은 남자를 보고 따라다니고 있는 중입니다."

"혹시 저를 말씀하시는 건가요?"

"네, 맞습니다. 따라다니다 보니 여러 가지 정보를 얻을 수 있었습니다. 휴지통을 뒤진다든지 멀리서 망원경으로 살펴본다든지."

그녀는 나를 밀착해서 스파이하고 있었다는 것인데, 그 거라면 수긍이 가게 된다. 멀리서 망원경으로 나의 컴퓨터를 확대해서 보았을 것이고 로봇을 컨트롤하고 대화하는 것도 확인했을 가능성이 있다.

　"그거는 완전 스토커 아닌가요?"

　"나름 도와주고 싶은 마음에 그랬습니다. 싫으시다면 바로 사라질 수 있습니다."

　"아닙니다. 사라지지 마시고 저기, 두 번째 여성 로봇 만드는 것을 도와주시겠습니까?"

　"싫습니다. 이제 그런 거 안 합니다."

　"아니, 왜…."

　"예전의 내가 아닙니다. 사람은 발전하기에 더 아름답죠. 그렇다고 내가 아름답다는 얘기는 아니지만 아름답게 생각해 줘도 되지만…. 이제 그런 거 말고 공기 로봇 우와의 다음 버전을 보고 싶습니다. 취약점을 극복하는 겁니다."

　우와의 취약점까지 알고 있는 그녀의 정보력은 대단하다. 순수하게 휴지통을 뒤져서 얻은 정보들은 맞는 걸까? 망원경으로 알게 된 정보들이 그렇게까지도 가능한 것인가…. 의문이 들지만 그녀가 맘이 상해서 사라져 버릴지도 모르기에 거기까지만 물어보는 것이 그녀에 대한 예의일 것이다.

"우와를 작은 사이즈로 만드는 것도 가능한가요? 사이즈를 줄여서 밀도를 올려 보는 겁니다."

"시도해 본 적이 없습니다. 그럼 지금 해 보겠습니다. 처음 시도하는 거라서 만약 겁이 나시면 지에에 딱 달라붙어도 됩니다."

딱 달라붙어 있어도 된다는 것은 옆에 바짝 서 있어도 된다는 의미였다. 그다지 작업 멘트는 아니었다. 이 말을 듣고 그녀는 아무런 망설임 없이 바로 나의 오른팔에 딱 달라붙어 주었다. 아직 시작도 안 했는데….

"우와! 출동할 시간이야. 이제 모습을 보여 줘."

사람의 형상을 닮아 있는 우와가 모습을 드러내고 내 팔뚝에 감겨 있는 문고리처럼 생긴 컨트롤러가 발동을 한다.

"어느 정도까지 사이즈를 줄일 수 있는지 시험해 보자."

처음 하는 시도라서 긴장하며 나는 손바닥을 펴고 나를 향하게 한 후에 양팔을 안으로 모았다. 그러자 나의 팔뚝에 딱 달라붙어 있던 그녀의 부드러운 부분을 나의 손이 그대로 꽉 잡아 버리고 말았다.

"일부러 그런 것은 아닙니다. 어떻게 하죠? 지금 상황에서 5초 정도만 더 버티면 로봇의 사이즈를 줄여서 밀도를 높이는 것에 성공할지도 모릅니다."

"네, 5초만 더…."

공기 로봇 우와의 크기가 정말 줄어들기 시작하였다.

하지만 천천히 줄어들었기 때문에 그 자세로 5분 정도가 소요되었다.

"성공입니다. 정말로 밀도가 높아졌습니다."

"좀 아픈데 이제 놓고 이야기해도 되지 않나요?"

"감사합니다! 아니, 죄송합니다. 실험 성공하였습니다."

나는 그 자세에서 말하고 싶었지만 아직까지 하지 못했던 말을 해 버렸다.

"저의 여자 친구가 되어 주세요."

잠시 침묵이 있었다. 불과 몇 초 정도였을 것이지만 나에게는 3만 년도 넘을 정도로 식은땀이 흘러내리는 순간이 된다. 그리고 그녀가 무언가 말하려 한다.

"저는 벌~써 여자 친구라고 생각하고 있었습니다."

"그, 그런가요? 정말 그런 건가요? 그럼…."

"네, 이 전투가 무사히 끝나면 하고 싶은 대로 하도록 허락하겠습니다."

"전투라면…. 무슨 말씀이신지…."

이때 실험실이 흔들릴 정도의 거대한 물체가 창문 밖에 있었다. 하늘에 먹구름과 비를 몰고 온 건물 3층 정도 크기의 이 로봇은 마음의 준비를 할 시간도 주지 않고 바로 우리를 향해서 펀치를 날리려 하고 있었다.

"우와! 출동 개시!"

골든 키로 거대한 로봇에 접속해서 가장 약한 부위를 찾아내었다. 칩으로 전달되는 하얀색 전선을 끊으면 거대 로봇은 무릎을 꿇게 되어서 첫 번째 공격을 막아 낼 수가 있다. 이때 밀도가 높아져서 파워가 높아진 공기 로봇 우와는 빠르게 날아가 하얀 전선을 관통하고 계획대로 거대 로봇의 무릎을 꿇게 하였는데 이때 또 다른 도움을 받았다.

내 팔에 안겨 있던 그녀가 창문으로 뛰어가 손을 쭉 뻗어서 살짝 내리는 듯한 움직임을 하였고 우와와 비슷한 작은 사이즈의 공기 로봇을 불러내었다. 그리고 무릎을 꿇은 거대 로봇에서 전해지는 충격의 파장이 도달하기도 전에 그 거대한 로봇을 초토화시켜 버렸다. 사방에 구멍이 뚫린 거대 로봇은 더 이상 움직일 수 있는 로봇이 아니게 되어 버렸다.

"당신은⋯."

"여자 친구입니다."

"아니, 그거 말고 어떻게⋯."

"삼촌이 계시죠. 그분이 사모하던 엘사라는 분은 지금도 살아 계십니다. 그분의 예쁜 여동생이 한 명 있습니다."

"네, 그럼 그 여동생은 어디에⋯."

이때 내 배를 한 대 날려 주는 그녀였다. 그리고 다시 태연한 얼굴로 자세한 설명을 하였다.

"오렌지 핀 테일 보드의 새 주인을 장례식장에서 보았습니다. 어린 나이에 혼자서 아무것도 모르는 얼굴을 하고 두리번거리지도 않고 비가 와도 우산도 안 쓰고 움츠리지도 않고 그냥 서 있기만 하는 그 모습이 좋았습니다. 그 후로 어떻게 지낼까 궁금해서 엘사 언니에게 도움을 청했고 여러 가지 정보를 전해 들었습니다. 엘사 언니는 그때 장례식에서 마감하신 분의 가장 친한 동료입니다.

오렌지 핀 테일 보드에서 나올 공기 로봇의 존재를 알게 되면 어떠한 반응을 보일까 궁금했었는데 역시 빠르게 간파하였고 성급하지 않게 제대로 때를 기다려 주었습니다.

대학생이 되어서 여성 로봇 프로젝트를 진행한다는 것을 알고 시샘이 생겨서 제가 직접 창피를 무릅쓰고서 그 진행을 도와줄 수밖에 없었는데요. 여러 가지 일이 있었지만 어떠한 상황에서도 자신이 몇 가지 지식을 안다는 이유로 우쭐대지 않고 겸손한 모습을 보여 주셔서 도와주고 싶은 마음이 강하게 생겼습니다.

앞으로도 그런 마음가짐으로 살아가신다면 주위로부터 도움을 받으실 것입니다. 하지만 자랑하기를 즐기고 주위 사람들을 제대로 보지 않는다면 저는 언제라도 도움을 멈출 것입니다. 확실히 지금의 문명은 고쳐야 할 부분이 많이 존재합니다. 평화적인 해결법을 찾고 계시다면 끝까지 옆에서 지켜봐 드리겠습니다.

조심해야 할 사실은, 가족이 생기게 되고 가까운 사람이 생기게 된다면 약점이 잡히게 될 우려가 있습니다. 그래서 저의 존재 역시 공식적으로 어느 누구와도 관계가 없습니다."

"어떤 세계에서 사시는 분인지 감이 잡히질 않습니다. 그래도 여자 친구로서 앞으로 쭉 제 옆에 있어 주신다면, 백 년, 아니 삼만 년을 같이 있어 주시면…"

"푸훗, 삼만 년은 힘들겠지만 1만 년이라면 노력해 보겠습니다."

"앗, 말씀이라도 감사드립니다!"

"만 년이라는 기간을 보시면 지난 백 년간의 삶에 대해 반성할 부분과 발전시켜야 할 부분이 보일 수도 있습니다. 잘 알고 계실 거라 생각합니다. 앞으로도 저와 매일매일 같은 꿈을 펼쳐 나가면 좋겠습니다."

3년 후

여자는 백 겹의 양파 껍질이다. 여자 친구가 되었다고 생각했지만…. 얼굴을 볼 수 없는 여자 친구도 여자 친구로 인정해 주어야 할까? 그전에 여자 친구의 정의는 무엇인가? 내가 기대하고 있던 여자 친구는, 그냥 친구이거나 여자인 사람을 지칭하는 것은 아니고…. 결혼은 하지 않았지만 남녀 관계로 서로 좋아하는 끄나풀로 이어져 있는 그런 것을 의미한다. 물론 더 나아가 나에게만 특별한 스킨십과 그 이상의 것을 허락해 주는 관계인 것이다.

내가 틀린 것일까? 내가 헛다리를 짚은 것일까? 여기서 내가 오해했을 가장 큰 부분은 시간에 대한 개념이라고 생각한다. 한 달 동안 보지 못한 것이 여자 친구로서 유지하기 힘든 것이라면 1년이나 10년은 어떨까?

이런 대화를 가정해 보자.

"나랑 결혼해!"

"그래, 나중에…."

나중이라고 말했으므로 우선 책임감이 줄어든다. 10년 후에 만나서 결혼한다고 해도 아무런 문제가 없는 말이 되어 버릴 수도 있다.

나의 경우는 이렇다.

"여자 친구가 되어 줄게."

"고마워."

내가 오케이를 했다. 그녀는 여자 친구가 되어 준다고 했지만 언제부터 되어 준다는 말이 없었다. 나의 말이 짧았던 것이 실수였을까?

"고마워. 그럼 지금 손잡아도 돼?" 이렇게 말했다면 상황은 달라졌을 것이다. 지금이라는, 시간이라는 개념이 고맙게도 들어 있는 문장이기 때문이다.

시간은 중요한 지표이다. 이번에는 시간의 흐름을 살펴본다.

만날 때마다 내년에 결혼하자는 말을 입버릇처럼 하고 다니는 사람이 있다고 가정하자. 우선 많은 여자에게 희망을 안겨 주며 자신의 주위를 배회하도록 연막을 깔아 놓은 것이다. 그리고 1년 후에 또 "내년에 결혼하자."라고 한다. 1년이라는 시간이 지났으므로 예전에 했던 말은 무뎌졌으며 다시 1년 정도 고민하며 주위에서 배회하는 그녀는 자신도 다른 기회를 찾아보는 고마운 시간을 할애받게 되기도 하고 1년이라는 꽤 길다면 긴 시간이 지났으므로 예전 일이니 용서해 줄 수도 있다고 생각하며 가볍게 넘어가고 다시 1년을 기다리기도 할 것이다. 1년 전 일이기 때문이다.

이렇게 시간이 흐르면 쉽게 잊어버리기도 하고 용서하기도 한다. 주식 전문가들은 계절이 바뀔 때마다 소리 높여 이야기한다. "10년 후에 이 회사의 가격은 10배가 될 것입니다." 하지만 10년 동안 많은 변수가 있으니 자신의 말이 틀려도 "앗, 죄송했습니다. 많은 변수가 있었습니다."라고 넘어간다. 아무도 신경 쓰지 않을 수도 있다. 10년이라는 긴 시간이 지났기 때문이다. 고등학생 시절의 짧은 3년 동안 인생이 바뀌기도 하고, 사회생활 경험 몇 년 동안 평생을 바칠 만한 열정을 쏟아붓기도 한다. 그래서 10년이라는 긴 시간은 정말 강과 산이 바뀌는 대변화의 기회가 나타나는 것이 다분한 일이고 그 10년이라는 시간은 수많은 사람에게 수많은 기회를 줄 만큼 긴 시간이 될 수도 있다. 그 수많은 사람은 어린이에서 할아버지까지라고 생각한다.

10년 후 변화가 일어난 것에 대해서 웬만해서는 용서해 주게 된다. 반면에 10년 후의 일을 아주 비슷하게 딱 들어맞을 정도로 말한 사람이 있다면 인플루언서에서 영웅 대접까지도 받게 되는 경우가 있다.

다른 한편으로 "10년 후 세상은 어떻게 될 것이다!"라고 말해 놓고 10년 후에 그 일을 진행할 만한 힘이 있다면 아주 쉽게 영웅이 되기도 한다. 그것을 10년 정도의 파워라고 가정한다면 100년의 파워를 갖는 것은 쉽지 않은 일일 것이다. 천 년은 더 그렇다.

나의 여자 친구가 천 년 후에 보자고 한다면 나약한 나의 힘은 10일 만에 변심해 다른 여자 친구 찾기에 눈을 돌릴 것이다. 그러나 그녀는 시간을 주지 않았고 그녀의 시간을 내가 간파하지 못하고 있고, 심지어 그녀가 사는 공간은 어떤 곳인지 감도 잡히지 않는다. 나는 그녀의 남자 친구가 될 자격이 없는 것이 다분해 보이기도 하지만 그 부분은 생각할수록 고개가 숙어지는 부분이라 생각을 회피하는 걸로 맘속 깊은 곳에서 정해 버린 것 같다.

이 '같다'라는 말도 나의 부족함을 감추려는 단어 같기도 하다. 생각할수록 기운이 감소하는 내가 이 상태로 10년을 살아간다면 어둠 속에서 살아가는 의기소침 대마왕의 조카 정도로 주위를 무력하게 하는 기운을 뿜고 다닐지도 모르게 된다. 이럴 때는 우선 잊고 보자는 이유로 술을 마시거나 다른 일에 집중하기도 하겠지만 나는 그 시간에 그녀를 만나기 위한 아이디어가 떠올라 버렸다.

새로운 연구를 시작하는 것이다. 과거를 돌이켜 보면 새로운 것을 시작하려 큰 결정을 내릴 때 항상 그녀가 나타나 주지 않았던가! 다음 연구는…. 다음 로봇은 감지 로봇! 인체에 해로울 정도의 진동이나 파장, 이물질 등을 감지해서 사람을 보호하는 로봇을 개발해 보면 어떨까?

3년 후

"감자 로봇?"

"아니, 감지 로봇입니다."

뜨! 역시 새로운 결정을 계획할 때 나타나는…. 불과 10초 만에 나타나 버린 그녀는 나의 주위에 대기하고 있던 것일까. 아니면 우연히 지나가다 들른 것일까. 이런 궁금증을 풀어 주기 위해선지 그녀는 바로 이야기해 주었다. '오는 길이었다.'라고.

음…. 아주 쉬운 말이다. '오는 길이었다.' 그건 누구든지 말할 수 있는 둘러대는 말이 아닌가! 다른 도시 세 군데를 돌아서 오는 길이어도 오는 길이 될 수 있고 10년 후에 다리를 건너서 오려고 했어도 '오는 길이었다.'에 끼워 맞출 수 있게 되어 버린다. 이렇게 쪼잔하게 변해 가는 내가 정말 쪼잔해지고 있는 것은 부인할 수가 없고 한심하지만…. 이곳까지 와 주어서 감사는 하고 있다!

"제 별명 아세요? 감자 캐는 소녀예용."

만화적인 말투도 처음 듣지만 그녀의 이름도 모르는 내가 별명을 먼저 알게 되었다. 그녀가 이름을 말해 주지 않는 것에는 특별한 이유가 있을 거라고 생각하고 언급을 피하고 있지만 그에 맞춰 내 이름도 말하지 않는 나는 역시

속 좁은 남자일지도 모른다.

"저, 저는 피리 부는 소년입니다."

유치한 별명이 된 것 같지만 그녀와 맞춰 보려고 나름 노력한 한 방이다.

"감자 로봇 같이 만들어 볼까요?"

무시당했다. 역시 유치했던 것이다.

"감자 로봇 제작을 시작하기 전에 꼭 드리고 싶은 말이 있습니다."

"감지 로봇…. 네, 말씀하세요."

"무언가를 감지해서 사람들을 보호한다는 간단한 발상은 그렇게 간단하지 않습니다."

"자세히 부탁드립니다."

"내가 전력을 다해 너를 구했다! 정말로 너의 생명과 너의 가족들을 살려 주었다! 내가 기막힌 비밀을 찾아내어서 너에게 해를 끼치고 있는 자들로부터 너를 구해 주겠다. 그러니…. 그래서…. 그러면 앞으로 무슨 일이 일어나게 되냐면…. 소외, 따돌림, 오해, 어두운 생활, 외로움…. 온몸이 얼음장이 되도록 외로워지는 순간이 찾아오게 됩니다.

왜냐면 그들은 자신들이 부탁하기 전까지는 절실하게 느

3년 후

끼지 못합니다. 그 절실하게 느끼지 못한다는 시간이 있는 공간 속에서 자신은 편안하고 맞는 길을 찾아간다고 안도하고 있습니다. 그 안도감 속에서 사람들과 뭉쳐서 안도감을 공유하며 생활하고 있는데…. 용기 있게 자신들의 안도감과는 거리가 먼 이야기를 하는 사람들이 보이면, 어떠한 좋을 일을 한다 해도 어떠한 바른 소리를 하나 해도 먹히지 않게 됩니다. 오히려 이단이나 사이비로 몰고 가며 소외를 시킵니다.

감지 로봇의 제작에 손을 대는 순간부터 평범하게 이야기하던 사람들과 더 이상 함께할 수 없는 적이 되어 버릴 것입니다. 의미가 없는 적입니다. 의미가 부여될 수 없는 허공에 떠 있는 적이라는 단어가 아무런 의미 없이 붙어 다니며 처절하게 외로운 삶을 살아가게 만들고 말 것입니다. 그것은 현재 사이비화로 변해 가는 사회에서 정작 사이비가 아닌 사람들이 당하고 있는 억울한 누명입니다.

나는 맞아. 내가 맞아. 내가 믿는 것이 진리야. 너는 사이비야. 너의 정보가 틀렸어…. 시간대를 나누고 몇 개만 비교해 봐도 정작 자신들이 사이비라는 것은 빼도 박도 못할 사실이지만 이 시간을 보지 못하는 사람들은 시간 속에서 헤매며 자신들이 시간 속의 혼란과 함정 속으로 점점 더 빠져서 구해 주기도 힘든 상황이 되어 버린다는 걸 모릅니다.

그 혼란 속에서 허우적대는 사람들은 앞으로도 의미 없는 싸움을 일으키고 의미 없는 곳에서 의미 있는 진실을 쫓아내 버릴 것이고 그들이 저지르고 있을 것이지만 그 행동들을 그들은 꼭 기억하고 있어야 할 것입니다. 꼭 기억하고 있어야 정작 자신들이 사이비였다는 것을 깨닫게 될 기회가 언젠가는 생기기 때문입니다.

아무리 몰랐다고 하여도 진실을 말하는 죄 없는 사람들을 비방했던 행동들은 그냥 용서될 일은 아닌 것이 아닐까요. 저는 그렇게 생각합니다.

'사회에서 인정해 준 것이었으니 난 죄가 없다. 다들 그렇게 하고 있었으니 난 아무런 거리낌이 없다. 나는 그저 사회 적응력이 발동한 것뿐이다. 그렇게 살아가는 것이 살아남는 법이 된다. 난 아무런 잘못이 없다.' 이것은 쉬운 발언이지만 제대로 된 진실을 말하고 소외되어 버린 사람들의 처절한 아쉬움은 어떻게 어디서 누가 되돌려 줄 수 있을까요? 바른말을 했던 사람들도 사람입니다. 맛있는 걸 먹으면 즐거워하는 사람입니다. 처절하고 철저하게 사회의 비윤리적인 행동들에 의해 피해를 받은 사람들을 잊어서는 안 될 것입니다. 티브이에 나오는 유명한 사람들은 잊어도 그 사람들은 절대로 잊어서는 안 될 것입니다.”

“저기…. 맞는 말씀이지만 이렇게 말씀하시는 분은 처음입니다. 보통 진실을 말하는 사람들은 소외되어도 너무 소외가 된다는 말씀, 전적으로 동의합니다. 심지어 진실을 말하는 사람들의 목숨과 생명을 하찮게 여기는 현상들도 자주 발견이 됩니다. 잊어서는 안 될 일입니다. 세상이 거꾸로 가도 정도가 있어야지, 심하다 못해 도를 넘어서고 있는 그런 가벼운 행동들은 벌을 받아야 한다는 말씀도 일리가 있습니다.

그것은 ‘몰랐으니 범죄가 아니다.’라는 것과는 별개의 문제로 조금 알았거나 조금 알았지만 인정하지 않는…. 알고 있는 범죄가 대부분인 것이 사실입니다. 알고 한 범죄들과 알았지만 소외시키고 방관한 범죄들의 경우입니다. 도움이 필요한 사람을 도와주지 않는다면 ‘착한 사마리아인의 법’에 걸립니다. 도움을 주기는커녕 도움이 필요하도록 만들어 놓고 도망가는 사람들은 범죄입니다. 오히려 도움을 주려는 사람에게 칼을 던지는 것은 중범죄입니다. 그런 범죄

들을 진실을 말하려는 사람들에게 저지르고 있는 사람들은
···. 대부분의 사람입니다."

"그 정도까지 생각하셨다면 안심입니다. 바른말을 하는
사람들이 당한 억울함은···. 아무 생각 없이 가볍게 무시하
는 사람들에게 천 배, 만 배로 받아 낼 것입니다."

그날은 그녀의 새로운 말들을 듣게 되었다. 신선했다. 들
어 보지 못했던 정보와 언어가 그녀의 입에서 나온 것이다.
마지막의 다짐에 대해서도 수긍이 간다. 가볍게 빈번하게
범죄를 저지르는 사람들은 상습범이 될 수도 있고 그것이
오랜 세월 동안이었다면 천 배, 만 배로 갚아 주어도 속이
풀리지 않을지도 모른다.

3년 후

오렌지 보드가 남긴 유산

다음 날 소식이 전해져 왔다. 드디어 나의 머리를 내려쳤던 자의 정보가 들어오게 된 것이다. 하와이 노스쇼어(North Shore)의 파도타기 대회에 그자가 참가한다. 선수로 참가하는 것은 아니고 선수들에게 접근을 하고 있다는 정보였다. 이 정보를 말해 준 친구들은 오렌지 핀 테일 보드의 수리를 위해 캘리포니아에 방문했을 때 만났던 파티 피플(Party People)이다. 동양계 비키니 걸과 다른 친구들도 그 대회에 참가 중이었고 벌써 하와이에 도착해 연습 중에 있다고 한다.

'나의 친구들, 전부 잘 지내고 있기를 바란다. 혹시 그중

누군가 당한 것은 아닐까. 기다려. 내가 바로 출발할게!'

감지 로봇의 제작은 미루기로 하고 짐을 정리한다. 긴 여행이든지 짧은 여행이든지 나의 짐은 항상 간단하다. 간편하게 비행기 좌석 아래에 놓을 수 있을 정도. 옷은 항상 같은 옷을 입는다. 계절이 바뀌면 옷의 두께가 바뀌기는 하지만 나의 의상은 항상 초록색 재킷에 까만 청바지이다. 겨울에는 까만색 목도리를 추가하고 여름이 되면 초록색 재킷은 서랍에 넣어 두고 까만색 정장을 입는다. 대체적으로 까만색을 선택하는 이유는 색깔의 구분이 약한 색약이라는 점도 있고 입고 다니기 편하다는 이유도 있다. 가벼운 가방하나만 가져가고 싶었지만 삼촌이 유산으로 물려주신 오렌지 핀 테일 보드를 챙겼다. 친구들이 보고 싶어 할 것이다.

입고 다니는 옷은 까만색과 초록색이지만 오렌지 핀 테일 보드와 같은 색깔의 테이블을 하나 구입했고 오렌지 핀테일 보드 옆에 세워 두면 어울릴 것 같은 첼로도 구매하였다. 오렌지 핀 테일 보드를 가져가려 하는 지금, 혼자 외롭게 남을 첼로에게 잘 견디고 있으라고 통통 두들겨 주었다. 물론 나는 첼로를 연주하지 않는다. 아마도 나는 첼로를 연주해 줄 여자를 은근히 기다리고 있는 것일지도 모른다.

서프보드는 계절이 바뀔 때마다 참가하는 파티에서 친구들에게 배웠다. 바다에서 멋있는 모습을 보여 주고 싶었지만 아쉽게도 고꾸라지는 것이 나의 서핑 스타일이다. 눈에 띄는 오렌지 보드를 타고 고꾸라지는 나의 모습이 웃겼는지 내가 있으면 살아 있는 코미디를 본다고들 한다. 나의 고꾸라지기 다법을 발전시켜서 나만의 스타일로 더 많은 코미디를 만들어 가는 것이 이번 시즌의 계획이었지만, 그전에 해결해야 할 일들이 있다. 친구들 구하기 타법을 구사할 타이밍이 왔다!

있는지도 몰랐던 유일한 친척이 전해 준 오렌지 핀 테일 보드는 비어 있던 나의 공간을 메꿔 주었고 많은 친구도 만나게 해 주었다. 나의 생활 패턴에서는 만나기 힘들었을 친구들까지 유산으로 받은 것이다. 오렌지 핀 테일 보드는 최고의 유산이다.

하와이행 비행기 안에서 소식을 전해 들었는데 상황이 좋지는 않아 보였다. 그곳에서 자리를 잡으려는 그자의 움직임이 벌써 보이고 있어서 조심스러운 접근으로 계획을 변경해야만 했다. 약점 잡기에 조심할 것을 알리기 위해 친구들에게 보낸 메시지는 이랬다.

❶ 전화기의 모든 정보를 지우고 카메라와 스피커를 막을 것.

❷ 이어폰은 블루투스를 사용하지 말고 구식의 케이블 이어폰을 사용할 것.

❸ 컴퓨터 하드웨어의 모든 정보를 분리된 하드 드라이브로 옮기고 카메라와 스피커를 막을 것.

❹ 뉴스를 순서대로 보지 말고 필요한 정보를 찾아서 확인할 것.

❺ 편을 가르는 정보에서 물러나 다툼에서 벗어나고 주위 사람들을 살필 것.

❻ 주위가 혼란하면 외부로부터의 정보와 자극을 차단하고 이치에 맞는 행동을 하는 자신을 기억해 낼 것.

누구든지 알리고 싶지 않은 비밀이 있을 것이고 그것을 잡힌 사람은 당황한다. 그 비밀이 밝혀지면 자신이 속한 사회에서 추방되거나 좋지 않은 결말을 맞이할 수도 있게 된다. 티브이에서 보이는 유명한 사람들도 이런 일을 당하게 되어서 하루아침에 국민들의 적이 되기도 한다. 그렇기에 나의 친구들이 걱정되고 최대한 빨리 달려가 구해 주고 싶은 마음이다.

우여곡절은 있었지만 걱정할 필요가 없었다. 아무래도 그자는 서핑의 세계를 너무 만만하게 본 것이다. 불타는 열정으로 목숨을 걸고 파도를 타는 사람들에게 사회에서 비판을 받을 만한 소문은 그다지 크게 다가오지 않았다. 오히려 그자는 서프보드에 호되게 얻어맞아 이빨이 와장창 나가 버렸고 다시는 괴롭히지 않겠다고 머리를 땅에 박고 빌었다고 한다. 조금은 시원해졌다.

내가 도착해 그자의 전화기에 접속해서 해킹된 정보들을 모두 찾아내었고 그 사실은 지방 잡지와 서퍼들의 연락망을 통해서 공개가 되어 그자가 감옥에서 오랜 세월을 보내도록 조치가 되었다. 물론 거기서 끝나지 않고 그자가 빼앗은 모든 것을 토해 내도록 집요하게 붙어서 처리해 두었다.

시간을 기억하면

몇 달 만에 돌아온 나의 장소에 그녀가 남긴 쪽지가 있었다.

'시간을 기억하면 나를 볼 수 있습니다.'

수수께끼를 좋아하는 나에게 내가 좋아할 만한 수수께끼를 남긴 그녀가 고마웠지만 지금까지와는 다른 패턴의 '안 하던 짓?'을 하면 당황하게 된다. 그녀가 남긴 메시지의 의미는 새로운 로봇 제작의 아이디어에 이제 나타나지 않을 것이니 감지 로봇 프로젝트를 진행하지 말고 자신을 찾아 달라는 이야기도 된다.

시간을 기억한다…. 그녀는 나의 기억 어딘가에 숨어 있다는 의미인 것일까. 혹시 그 기억을 찾으면 그녀가 있는 곳으로 갈 수 있고 그녀를 만날 수 있다는 것인가. 그렇다면 나는 기억해야 한다. 떠올려야 한다. 예전에 어땠는지. 내가 어땠었는지. 나는 어떤 사람이었고 주위에는 어떤 사람들이 있었는지. 과거에 얽매이고 그것에 전념하는 것은 미래적이지 않을 때도 있지만 앞으로 제대로 나아가기 위해 때때로 기억을 해야 할 필요가 있는 것이다.

짧은 기억도 괜찮으니 내가 잊고 있었던 순간들을 그 시간들을 기억해 내려 해 보았다. 뭐든지 이해해 줄 것 같은 깊은 눈에 참하게 생긴 얼굴형을 갖고 있고 뽀얀 피부의 깊이가 깊어서 더블 뽀얀 얼굴에 분홍 입술을 갖고 있는 아주 여성적인 편입생이 있다. 하지만 어째선지 나이가 몇 살 많은 편입생이라는 이유로 따돌림의 대상이 되어 가고 있는 것 같다. 그 편입생과 같이 다니는 안경 쓴 곱슬머리 편입생도 같이 따돌림을 당하는 것을 보았다.

하지만 나는 그녀들이 복도를 지나가면 반가워서 바로 달려가서 여러 가지 질문을 한다. 왠지 오랜 세월을 지내온 친구 같은 뽀얀 그녀가 좋았고 지금 생각해 보면 그녀

자체가 너무 좋았다. 전부 좋았다.

　편입생 두 명은, 처음에는 나를 피하는 듯했는데, 몇 주 후부터는 친숙하게 생각되었는지 나의 인사를 받아 주기 시작하였다. 그때까지도 질문에는 제대로 대답을 해 주지는 않았지만 난 항상 그녀들이 보이면 반가움에 달려간다.

　어느 날 내가 아르바이트를 하는 호프집에 둘이 함께 방문해 주었다. 주인아주머니께 부탁해서 공짜 햄버그스테이크를 서비스로 가져다주었는데 나에게 고맙다고 해 주었다. 그리고 뽀얀 피부의 편입생은 처음으로 자신의 이야기를 들려준다.

　"나는 로봇인 척하며 지냈어. 내가 전에 있던 학과가 지금 다니는 학과와 무슨 상관인지 내 나이가 학교에 다니는 것과 무슨 상관인지 그리고 수긍이 가지 않는 학교 행사에 참여하지 않는 것이 따돌림을 받아야 하는 일인지…. 이곳에서 희망을 찾기 위해 편입한 내가 많은 희망을 갖고 수업을 마칠 수 있도록 서로 도와주면 좋을 텐데…. 가벼운 마음으로 가볍게 따돌리는 사람들은 가볍게 나를 보내겠지만 무거운 마음을 갖고 무겁게 살아가는 나의 무거운 인생은 탈출할 곳이 필요해…. 햄버그스테이크 맛있다….”

그리고 다음 날 편입생 두 명은 학교를 떠났다. 나를 도
와주고 싶었다는 이야기도 하였다. ‘그녀들이 로봇인 척하
는지 미리 깨달았다면….’ 하는 아쉬움이 있지만 늦었다.
그 후로 보지 못하였다.

뽀얀 그녀는 로봇인 척하였다.
뽀얀 그녀는 로봇이 아니다.
뽀얀 그녀와 대화를 한 적이 거의 없다.

감자 캐는 소녀는 느닷없이 찾아온다.
감자 캐는 소녀는 나를 적극적으로 도와준다.
감자 캐는 소녀는 소외되었던 적이 있다.
감자 캐는 소녀는 내 여자 친구이다?

감자 캐는 소녀는 반응이 빠르고 움직임이 빠르다.
감자 캐는 소녀는 높은 기술력을 알고 있는 것 같다.

뽀얀 그녀가 가진 기술력은 내가 알지 못한다.

감자 캐는 소녀는 로봇이 아닌 척을 하였다.
뽀얀 그녀가 나를 위해 보내 준 선물이었다?
내 여자 친구는 뽀얀 그녀이다.
감자 캐는 소녀는 로봇이다.

나의 기억 속에 있던 뽀얀 그녀는, 나를 도와주기 위해
자신의 기술력을 나에게 보내 주었던 것이다.
　이제 기억이 난다. 삼촌의 장례식장에서 나를 보고 있던
그녀는 뽀얀 피부의 그녀였다.

도움은 온다. 로봇인 척하는 삶을 살아가고 싶은 사람들
도 자신도 모르게 로봇인 척 끌려가는 사람들도 기억 속의
멋진 자신을 잊지 않는다면 도움은 자신이 모르는 곳에서
찾아와 줄 수도 있다.

시간을 기억하면 많은 도움을 깨닫지 못했던 내가 함께
생각나지 않을까? 분명 나를 위해 많은 희생이 있었지만 누

군가 제대로 말을 해 주지 않아 내가 모르는 경우가 있었을 것이다. 많았을 것이다. 정말 도와주려는 사람은 일부러 말을 하지 않기 때문이다.

시간을 기억하면 내가 잘못했던 일들이 밀물처럼 몰려올지도 모른다. 하지만 앞으로 제대로 나아가려면 밀물에 올라타 나아가며 나를 직시하는 것이 인생을 바쳐야 할 중요한 것은 아닐까. 죽기 전에 꼭 알아야 할 중요한 일들은 아닐까. 삶의 의미가 될 만큼 중요한 것이 되는 건 아닐까.

시간과 함께 흘러가며 삶을 여행하는 사람들이 아무리 발버둥을 쳐도 시간의 흐름 속에서 같이 흘러가는 사람들이니 시간의 중요성을 기억하는 것은 그리고 시간을 뒤돌아보며 정리하는 것은 시간의 흐름을 살아가기 위한 중요한 작업이니 중요한 시간을 잃지 말고 우리의 친구들이 살고 있는 공간을 잃어버리지 않는 것은 우리의 미래를 제대로 된 곳으로 인도해 줄 중요한 요소들일 것입니다.

속임수와 함정에서 벗어날 중요한 요소가 되어 줄 것입니다.

로봇화
작가의 말

로봇화가 되어 가고 있는 사람들이 있다면 로봇화의 특성은 무엇이 있을까요? 자신의 생각과 다른 방향으로 따라가기, 명령대로 행동하기일 것입니다.

만약에 우리가 특정한 행동을 하도록 하는 인위적인 힘이 있었고 그 인위적인 힘대로 움직였다면 '아차' 하고 주위를 둘러보는 것이 좋습니다. 나의 의지가 아니었고 그것이 이치에 맞는 일도 아니었다면 절대로 좋은 일이 아니게 됩니다.

만약 이런 이상한 현상을 우리가 용서해 주고 덮어 버리면 같은 일이 다시 반복될 가능성이 커집니다. 그 반복이 계속해서 일어난다면 반복적이고 인위적인 자극들이 신체에 미칠 때 암이 발생하듯이…. 그 반복되는 인위적인 힘은 우리에게 암적인 존재로 점점 더 자라나게 될 것입니다. 그리고 반복되어 온 인위적인 힘들이 사람의 생사와 관련이 있다는 것을 발견하게 될 때는 비상사태입니다. 인류 초비상사태가 됩니다.

거북이 코에 빨대가 꽂혀 있는 것을 티브이에 방영하여 국민들의 절대적인 지지를 얻어 빨대의 사용을 일주일 만에 중단시킬 수도 있습니다. 실제로 미국에서 벌어졌던 일이고 지금도 영향력을 행사하고 있습니다. 카페나 식당에서 손님의 요청이 있을 때만 플라스틱 빨대나 플라스틱 수저를 주게 되어 있습니다. 수저를 달라고 요청하는 것을 깜빡한다면 밥을 손으로 먹어야 하는 상황이 되어 버립니다. 거북이 코에 빨대가 들어갈 확률이 얼마나 될까요? 그 확률보다 누가 인위적으로 빨대를 꽂을 확률이 훨씬 높다는 것은 당연한 일이 됩니다. 시간과 확률의 관계입니다.

냉정하게 한 걸음 물러나 생각해 보면, 돼지 코에 항생제가 막혀서 콜록거리는 것을 티브이에서 보여 준다면 가축에 대한 항생제의 과도한 사용이 바로 중단될 수도 있는데 그것은 절대로 하지 않고 있습니다.

　티브이만 보고 행동에 옮겼던 그 사람들은 무엇을 신뢰하고 있었던 것일까요? 우리가 맞다고 믿는 정보들을 만든 사람들은 신뢰할 만한 사람들일까요? 그들은 신뢰를 받을 만한 일들을 해 왔을까요?

천년야화

로봇인 척해 2

John H. Park 지음

Contents

들어가는 혼(本)

 세상에는 귀신이 쓴 책이 있을까? 수없이 출간되는 그 많은 책 중 적어도 하나 정도는 귀신이 썼을 가능성이 있지 않겠는가.

 어렸을 적 고모가 해 주는 이야기를 들었다. 고모는 사촌 형과 함께 할아버지의 장례식에 가게 되었는데 갑자기 사촌 형이 집 마당이 보이는 마루에 다리를 꼬고 앉아서 사람들에게 이놈 저놈 하며 호령을 쳤다는 것이다. 그 모습은 돌아가신 할아버지와 같아서 장례식장에 모인 모두를 놀라게 했다. 연기를 배운 적이 없고 할아버지를 알지도, 대면한 적도 없는 12살의 사촌 형이 연기를 했다기보다 그 할아버지의 혼이 들어왔다고 하는 것이 어느 정도 신빙성이 있어 보인다. 빙의라고도 하는 이 현상은 실제로 존재하는 것 같고 정말 그렇다면 누군가 빙의해서 쓴 책이 세상에 한 권 정도는 존재하지 않을까?

귀신이 쓴 책이라면 무엇이 다를까…. 우리가 보지 못한 것을 보았을 가능성이 있다. 세상에 존재하지 않는 사람과 만났을 가능성이 있다. 우리가 궁금해하던 지식들을 실제 로 경험했을 가능성이 있다. 그래서 우리가 일반적으로 알 지 못했을 것 같은 지식이 보이는 책이 있다면 빙의에 대해 한 번 정도 의심해 볼 만도 하다.

책은 일본 말로 혼(本)이다. 이 한자 아랫부분의 가로로 난 줄은 나무의 뿌리를 받쳐 주는 근본 같은 것이다. 그렇 다면 사람의 근본을 받쳐 주는 것이 혹시 혼, 영혼인 것은 아닐까.

로켓의 어원은 'Rocchetto'로 재봉틀에 쓰이는 실이 감 긴 원통을 말하기도 한다. 로켓은 사건의 실마리가 될 수도 있고 사람의 옷을 만드는 문명의 근원이 될 수도 있는 것이 다. 이렇게 사람의 입에서 나오는 단어들은 미묘하게 연결 되어 있는 것처럼도 보인다. 사람의 생각이 형상화되어 외부로 나온 것이 언어이기 때문일 것이다.

　나는 스타게이저. 하늘을 보는 사람. 하늘을 보며 세상의 이치를 깨우치려 발버둥을 치는 사람. 살기 위해 안간힘을 쓰는 평범한 사람이다. 《천년야화》 이야기 속에서 나는 벌써 장례식이 치러져 있는 사람이 된다.

　하늘을 보는 사람인 만큼 나는 하늘에서 떨어진 적이 많이 있다. 땅에 떨어져 몇 초 후에 몸이 파열된 운명에 처하기를 수도 없이 겪어 왔다. 하지만 그 짧은 순간에도 항상 무언가가 있었다. 허리띠를 이용해 창문을 여는 손잡이에 매달려 목숨을 건지기도 하였고 나뭇가지 하나에 허리띠가 걸려서 큰 부상 없이 땅에 떨어지기도 하였고 거의 포기한 상태에서 허공에 허리띠를 흔들었을 때는 우연히도 끊어진 전깃줄이 바람에 날려 주어 허리띠와 연결되어 땅에 떨어지기 바로 직전 나의 몸무게를 지탱해 주기도 하였다. 끝까지 끈을 놓지 않고 매달리며 모험과 용기로 꾸준히 나아간다면 도움의 길은 뜻밖에도 많은 곳에서 손을 흔들며 기다리고 있을 것이다.

생전에 사토시 나카모토라는 인물의 정체를 밝힌 바 있다. 세상에 널려져 있는 많은 지식 중에는 정작 우리가 알려고 하는 진실들을 감추기 위해서 고의적으로 뿌려진 정보들이 넘쳐 나고 있고…. 아니, 그 정보들로 가득 차 있어서 정말 알고 싶어 하는 지식에 접근하게 되는 것은 쉬운 일이 아닐 것이다. 만약 중요한 정보이 일부분이 눈에 보였다면 그 정보는 아마도 세상에 감춰진 비밀들을 열 수 있는 천 개의 열쇠를 갖고 있는지도 모른다.

다른 존재로 세상을 보고 있는 지금, 확실한 한 가지는 나의 추리가 정확했다는 것이다. 비트코인을 만들었다는 사카모토는 한 사람이 아니었다. 비트코인을 프로그램한할 피니에게 접근한 스파이들이 있었고 그들의 존재를 감추기 위한 기법으로 '한 사람인 척'을 하였던 것이다. 현재 천 년의 역사가 스파이의 역사로 지지되고 있는 것이라는 것도 일맥상통하는 현상이 된다. 스파이의 역사가 급진전하게 된 시기는 사진기가 발명된 시기였고 아이러니하게도 사진기의 기술 중 하나가 크립토의 기술이고 그 크립토가 바로 비트코인의 크립토가 된다. 사진에 숫자를 숨겨 넣어서 스파이들의 암호 시스템이 만들어진 것도 '아이러니'라기보다 '일맥상통한다'라고 하는 것이 더 정확한 표현일 것이다.

일맥상통하는 이야기가 끊임없이 반복된다면 바로 그곳에는 무언가가 있다는 것이 자연스럽게 추리의 기본이 된다.

"이 거친 청바지는 제 것이 아닙니다."라고 말하는 사람이 있다고 가정해 본다. 거친 청바지라는 단어는 사용할 수 있는 단어이지만 자주 사용하게 되는 말이 아닐 것이다. 만약, "이것은 거친 청바지이지만 제 것이 아니네요." 이런 말을 하는 사람을 발견한다면 둘 중 누군가는 그 청바지가 자기 것이 아니라고 말을 하도록 부탁이나 권유를 받았을 가능성이 꽤 존재한다고 생각한다.

또 다른 예로, 삼겹살에 초콜릿을 뿌려 먹는 사람은 흔하지 않기 때문에 만약 삼겹살에 초콜릿을 뿌려 먹는 사람을 각각 다른 장소에서 목격하게 된다면 그 두 사람은 분명 어딘가에서 접점이 있고 측근일 확률도 있을 것이다. 물론 전혀 상관이 없는 사람일 수도 있겠지만 만약 전혀 상관이 없다고 해도 그들은 상당히 비슷한 취향의 소유자들로서 남녀 관계라면 그들은 천생연분이 될 만큼 가까운 사이가 될 수도 있다.

같은 이치로 똑같은 거짓말의 수법을 여러 번 반복해서 사용하는 것을 보게 된다면 그 거짓말은 한곳에서 나왔고 그 반복을 간파하고 넘어서는 것도 가능하다. 숨어 있는 진실의 머리가 조금씩 보이게 되거나 한 번에 천 개의 진리를 깨닫게 되기도 할 것이다 이 방법은 추리를 신행할 때 중요한 요소 넘버원이 될 만큼 하이라이트를 할 사항이 된다.

스파이, 사토시 나카모토들은 스파이들이다. 스파이의 무서운 점 중 한 가지를 고른다면 자신이 무엇을 하는지 모르고 일을 진행하는 경우라고 생각한다. 스파이가 되기 위한 자격은 신념. 신념이 있어야 한다. 신념이 있는 사람이라면 시키는 대로 잘 따라오기 때문이다. 그래서 종교를 갖고 있는 사람이 적합하다. 종교에 파고들게 되면 신념이 절대적인 복종으로 이어지게 되고 그것을 우리는 사이비라고도 부른다.

사토시 나카모토, 스파이들 위에는 그들을 관리하는 슈퍼바이저 사토시들이 있고 또 그 위에는 전반적인 관리를 도와주는 회사 스파이 또는 그룹 스파이들이 존재한다. 그리고 그 위에 존재하는 자들이 절대적인 명령을 내리는 자들이다.

암울해 보이는 상황이지만 하늘에서 떨어지던 나도 여러 번 목숨을 건졌지 않았는가. 항상 희망은 있고 기회는 존재할 것이다. 생을 마감한 나로서 보는 지금의 시기는…. 희망은 있다. 추리를 좋아하시는 분들은 천 년이라는 단위로 계산해 보기를 추천한다. 그 희망에 대한 추리가 나올 것이다.

나는 스타게이저. 하늘을 보며 땅의 이치를 깨닫는 사람. 현재를 살아가는 동방 박사의 애칭을 받고 싶지만 나의 과도한 망상일 것이다. 추리를 하고 미래를 예측하는 여러분에게 온몸이 떨릴 정도의 희망이 감격으로 다가오기를 바랍니다. 《천년야화》 시작합니다!

스타게이저의 소개팅

나의 어렸을 적 이야기이다. 마이카라는 이름을 가진 친구 녀석이 있었다. 여자이지만 녀석이라고 부르는 것은 미카(Mika)라는 이름을 마이카로 잘못 발음한 나의 실수에서 비롯되었다. 그 정도 실수야 "마ま-이카いか(뭐 괜찮지!)"라며 놀리는 나였다. 그렇다. 나는 사람 이름을 갖고 놀리는 것이 취미였다. 마(ま)가 성이 되고 이카(いか)가 이름이 되어 오징어(이카, イカ) 아가씨라고 부르기도 하고 먹물 요괴 문어 대마왕 반질반질 이마 아카가데스까(어때요?)라고 부르기도 하였다.

여러 가지 별명으로 불렸던 미카상은 1학년 선배이고 그 선배가 주선하는 소개팅은 무조건 이루어진다는 족집게 소개팅의 전설의 미카상이었다.

"스타게이저, 이번 소개팅에 꼭 와야 해. 늦으면 안 돼!"

이런 당부가 있었지만 목적지로 가는 유일한 교통수단이었던 기차가 늦게 도착하면서 1시간 반이나 늦게 약속 장소에 가게 되었다. 소개팅 상대로 와 주었던 그녀가 앉아 있던 자리에는 아직 따뜻한 온기가 남아 있었다. 그렇다면 적어도 1시간은 기다려 주었다는 것이다. 1시간을 넘게 기다리게 한 나는 그녀의 시간을 헛되이 하지 않기 위해 미카상에게 구조 요청을 하였다.

"전화번호 부탁합니다! 아니 부탁드립니다, 미카상!"

"호호 드디어 나를 미카상이라 부르게 되었군. 알써! 전화번호 문자로 보낼 거니까 제대로 처리해 줘! 나도 부탁해!"

소개팅에 오기로 하였던 그녀가 다행히 전화를 받아 주었지만 그녀는 다른 약속이 있어서 오늘은 힘들다고 하였다. 하지만 '오늘은'이라고 말을 할 때 아주 미세한 떨림을 감지하였고 미카상에게서 미리 얻은 정보로도 그녀는 오늘 나와 만나기 위해 모든 스케줄을 비워 놓았다고 하였다.

"오늘을 위해 아르바이트비를 전액 올인했습니다!"

"무슨 말씀이신지….."

"오늘을 위해 다운타운에 갓 도착한 신 뮤지컬. 아무도 듣지도 보지도 못했던 저음의 미학과 절제된 무대 장치의 극치를 볼 수 있는 작품입니다! 그 티켓 두 장을 앞자리…. 아주 앞자리는 아니지만 그래도 어느 정도 앞자리를 골라서 구매해 버렸습니다."

그녀가 뮤지컬을 좋아하는 것을 미카상이 미리 말해 주었었다. 물론 그 작품은 나도 굉장한 관심을 갖게 된 뮤지컬로 기존의 뮤지컬과는 확연히 다른…. "뭐 이런 게 다 있어!"라고 할 정도로 놀라울 것만 같았다.

"칫. 그런 거 안 봐요. 집에 가는 길에 다운타운에 있는 탐앤탐스 커피집에 잠깐 들르기는 할 건데요. 그냥 커피만 사 갈 거예요!"

앗싸! 한 걸음 앞으로 접근하였다. 그렇지만 쉽지만은 않다. 다음 단계를 넘으려면…. 그녀가 맘 상하지 않게 다음 단계를 넘으려면… 나의 얼굴을 탐앤탐스에 보여서는 안 될 것이다. 내가 끈질기게 달라붙는 끈적한 남자로 보일 수도 있고 커피만 먹으러 잠깐 들른다고 한 그녀의 말을 무시하고…. '너 여기서 기다리고 있을 줄 알았어.'라고 내가 생각하는 것처럼 보이게 되는 상황이 될 수도 있기 때문이다. 그래서 나의 얼굴을 그곳에 가져가는 것을 피하는 것이 좋다고 판단하였다. 그렇다면 그녀가 올 수 있도록 하자! 뮤지컬을 보기 위해 자신의 선택으로 오는 것이라면 당당하게 나의 옆자리에 앉아 줄 수 있을 것이다. 그리고 다음 판단도 그녀에게 맡기는 것이다.

　전속력으로 달려가 탐앤탐스의 화장실로 들어갔다. 그곳은 남녀 공용의 화장실이었고 벽에 사인이 된 리스트를 보니 30분 간격으로 직원들이 청소하는 곳이다. 그렇다면 직원들이 청소를 하여도 눈에 띄지 않는 곳. 그리고 손님들이 화장실을 사용할 때의 동선에서도 눈에 띄지 않는 곳…. 손이 쉽게 닿지 않는 곳…. 한 곳이 있었다. 세면대 오른쪽 벽에 달려 있는 냅킨을 담아 놓는 스테인리스 재질로 만들어진 박스가 그곳이다. 두께가 7cm. 높이가 두 뼘. 어떤 각도에서 보아도 보이지 않는 사각지대가 있었다. 그곳에 티켓 한 장을 끼워 놓았다. 스테인리스 재질이라서 벽과의 틈은 티켓 한 장이 떨어지지 않도록 제대로 지지해 준다.

그녀에게 메시지를 보냈다.

화장실에 들어가 냅킨 박스 뒤로 손을 뻗으면 멋진 것들을 볼
수 있습니다.

공연이 시작하기 20분 전 그녀는 와 주었다. 이번에는 내
가 기다리고 있었다. 그녀가 길을 잃고 헤매지 않도록 모자
를 눌러쓰고 파킹장으로 인도하였고 그녀가 어두운 극장
안을 헤매게 하지 않기 위해 로비에서 넥타이를 매고 그녀
를 만났다. 평소에는 넥타이를 하지 않아서 목 주위가 어색
하고 답답했지만 뭔가 해야겠다는 생각에서였다.

"옷이 왜 그렇게 까매요. 장례식 가세요?"

첫마디부터 톡 쏘는 그녀가 맘에 들었다. "저는 하루하루
가 장례식입니다."라는 말이 떨어지자마자 나의 배를 한 방
날려 주는 그녀다. 앗, 과격하다!

뮤지컬은 대박이었다. 첫 작품을, 그것도 이런 대작의 첫
공연을 관람할 수 있었다니. 그녀의 소감은 표정으로 바로
전해져 왔다. 말로 내뱉을 필요 없는 눈과 얼굴 근육만으로

도 알 수 있는 감격의 멋쩍은 웃음. 말이 필요 없는 감동이
었다. 침묵 후에 나온 말 한마디는 "키키." 이상하게도 들
릴 수 있겠지만 너무 좋으면 이렇게 괴상한 웃음이 나오기
도 한다. 그리고 또 한 가지. 내 옆에 있는 그녀 자체 역시
나에게 말이 필요 없는 감동이었다. 그날 밤 함께 맥주를
마시며 그녀가 해 준 말이 나의 인생을 바꾸어 놓는다.

"티켓을 그렇게 주면 어떡해요. 탐정 사무소나 차려 보세
요!"

물론 '탐정 사무소나'라고 하는 것은 탐정님들에게 실례
가 되는 말이지만 그녀의 성격을 생각해 보면 나에게만 해
당되는 그녀의 유일한 언어이다.

의뢰받는 로봇 우와!

회전하는 팽이 같은 커다란 물체를 피할 길이 없는 40대 후반의 미인 아줌마. 빠른 속도의 도움의 손길이 전해진다.

"이 순간을 위해 속도를 높이는 훈련을 하였습니다. '우와!'라고 합니다."

그녀는 어떤 일이 벌어졌는지 아직 감이 잡히지 않을 것이다. 혼란스러울 것임이 분명하다. 눈앞의 위험에서 목숨을 건진 사람과 차분한 대화를 하는 것은 쉽지 않은 일이 되고 더군다나 속도를 높이는 훈련을 하여서 자신을 구해주었다는 허무맹랑한…. 자신이 당할 위험을 예측하고 오랜 세월을 준비해 왔다는 그런 터무니없을 것도 같은 신종사기 같은 말을 듣게 되면 더욱더 차분한 대화는 힘들어지게 된다.

　어찌 되었든 그녀는 목숨을 건졌고 나는 그녀의 목숨을 구하기 위해 계획을 세우고 꾸준히 연마해 온 기술을 사용하였다. 빠르게 회전했던 물체는 2미터 정도나 되는 트럭의 바퀴였다. 나에게 필요했던 기술은 타이어의 무게감과 속도를 앞지를 수 있는 강력한 속도감이다. 물론 속도를 높여 거대한 타이어를 막는다는 것은 나에게 전해질 물리적인 압력이 나의 한계를 초월할 정도로 바로 전해진다는 것이 된다. 나의 희생보다도 아줌마에게 벌어질 일이 걱정이었다.

　목숨을 건지신 아주머니는 원래대로라면 처절하게 살이 무너지고 뼈가 바스러져 피부 전체의 반 이상의 벗겨질 정도의 충격을 받게 된다. 빠르게 회전하는 거대한 물체를 약한 사람의 몸이 버텨 내기란 회전하는 나무 한 그루 앞에 서 있는 작은 커핀 잔 위에 그려진 라테 아트(Latte Art)와도 같다.

　위험에 직면할 사람의 미래를 3초 먼저 예측한다면 그 사람을 구할 가능성이 크지는 않을 것이다. 3분 미리 예측한다면 사람을 구할 확률이 높아지겠지만 더 많은 경우의 수를 계산하는 것이 뒷받침해 주어야 하는 요소가 따른다. 지금의 경우는 3시간을 미리 예측한 경우이다. 타임머신이라는 허황되도록 이치에 맞지 않는 부분이 많은 그 과학에 비한다면 나의 미래를 예측하는 능력은 초정밀 미래 진보 과학이 된다. 물론 에너지의 소요가 많다. 그래서 평소에는 에너지를 충전하는 것에 전념하고…. 내가 움직이게 되는 경우는 누군가의 요청이 있을 때이거나 내가 흘러 다닐 때 어느 정도 사정거리에서 감지가 될 때이다. 보통은 도움이 필요한 사람의 비명이 들려온다. 그 비명은 목소리로 나오는 비명이라기보다 몸 전체에서 발산하는 절규이고 애절함이고 아쉬움이다. 아직 못다 한 일들이 많은 사람들의 아쉬움과 그 사람의 마음을 받고 영향을 받는 사람들에게 벌어질 미래를 예측하는 나의 절규이기도 하다.

나에게 요청을 해 오는 사람은 나를 오렌지 핀 테일 서프 보드에서 발견한 특이한 인물로…. 오랜만에 보게 되었지만 아마도 처절하도록 외롭고 비참하도록 소외되어 온 사람이라고 할 수도 있겠지만 그랬을 사람과는 거리가 멀 정도라는 분위기가 있어서 새로운 인종이라고 해도 당연하게 느껴질 정도의 사람이다. 지극히 평범해 보이고 말하기를 피해 다니던 그 인물이 오랜 침묵을 깨고 요청해 왔다. "아주머니를 살려 주세요."라고 하였다.

그 인물에 대해 간략히 소개하면 이름을 부르는 것은 큰 의미가 없는 인물이다. 대화의 방식이 특이하기 때문에 이름으로 대화를 하지 않게 되는데…. 말이 없어도 많은 것을 알 수 있고 말이 없어서 더 많은 것을 알 수 있다는 착각이 들게 만드는 그 인물은…. 대화의 의미와 언어의 의미를 초월하여 자유자재의 전달 방식을 사용한다. 어린 시절은 로봇 오타쿠로 지냈던 것 같고 오렌지색 서프보드에 숨어 있던 나에게 감히! 공기 로봇 우와라는 이름을 지어 주었는데…. 사실 그 이름이 상당히도 맘에 들었다. '우와'는 히브리어로 '공기의 흐름'이라는 뜻이 있고 영혼이라는 의미도 갖고 있는데…. 아마도 그 인물은 나의 존재를 직감하고 애칭으로 그렇게 불러 주었을 것이다.

처음에는 그 인물의 명령에 반응해 주었지만 이제는 완전히 분리되어서 행동한다. 로봇 오타쿠인 그 인물의 주변에 있던 사람들에게도 많은 영향을 받게 된 나는 점차 나의 존재를 드러내었고 이제는 명령이라기보다 의뢰를 받고 움직이는 그런 관계에 있게 되었다. 그러는 편이 서로의 생활에 더 자유를 갖게 되고 앞날의 발전을 꾀하기 좋았기에 아무런 대화 없이 그냥 알게 되어 가는 대화가 보통 이루어진다. 그 인물은 나의 친척이지만 딱히 친척이라고 해서 서열을 따진다든지 위에서 내려다본다거나 하지 않고 특별하게 서로 챙겨 주지도 않는다. 나에게 의뢰를 해 올 때의 내가 의뢰를 받을 때는…. '아! 출동할 시간이구나!' 이런 느낌이다.

아름다웠던…. 아니 현재도 아름다우신 아주머니를 구해 달라는 의뢰를 받게 된 것은 어느 추운 비 내리는 봄에 비참하게 무너져 가고 있던 그 인물에 의해서였다. 구해 달라고 소리로 내뱉지는 않았지만 나는 그냥 알게 된다. 그리고 그것을 의뢰라고 간주하고 계획을 세워 보았다. 나의 계획은 미래를 예측해 보는 것이 주를 이룬다. 미래로 갈 수는 없어도 예측하는 것은 누구든지 가능하다.

3분이라는 짧은 시간 안에 그 아주머니를 살릴 방도가 많지는 않아 보였다. 확률이 높아 보이는 가능성은 내가 직접 충돌하여 보호해 주는 것이었고 예상대로 느닷없이 하늘로 솟구쳐 오른 그 거대한 트럭의 바퀴가 감지되었는데 역시 평소에 보기 힘든 대단한 파괴력을 지니고 있었다. 25미터가 넘는 높이로 튀어 오를 수 있었던 이유는 바퀴를 고정하고 있던 축이 무너지며 제자리를 유지하려는 바퀴와 바퀴를 내보내려는 트럭 무게의 비틀림이 순간 무너지며 마치 총알처럼 튕겨 나온 것이다. 그래서 높이보다도 더 신경을 써야 할 사항이 바퀴의 회전 속도였다. 성인 키 정도 되는 바퀴가 빠른 속도로 회전하면 그 위력은 가공할 만한 무기가 된다. 폭탄처럼 땅을 파내지는 않겠지만 그것이 부딪히는 모든 것을 마치 토네이도처럼 삼켜 버릴 것이다. 사람이라면 피부가 벗겨지고 뼈와 근육이 섞여 버릴 것이다.

나는 공기의 흐름을 최대치로 올리고 나의 밀집도를 높여서 거대한 트럭 바퀴의 방향을 바꾸는 데 성공하였다. 구하는 데 성공하였다. 하지만 나의 존재가 회복하려면 몇 개월은 휴식에 들어가야 할 것이다.

살려 주셔서 감사합니다.

듣고 싶었던 말이다. 정확하게 "살려 주셔서 감사합니다."라고 언어로 내뱉지는 않았지만 그 "살려 주셔서 감사합니다."라는 언어보다도 백 배 아니면 천 배 정도의 강한 고마움을 받았다. 물론 사람의 눈에 잘 띄지 않는 나에게 고맙다고, 감사하다고 해 준 그 여성이 나의 존재를 감지한 것은 그녀가 처했던 극도의 상황에서 나오는 슈퍼파워였을 것이다. 도움을 준 나는 보람이 되는 것도 있고 물론 감사하다는 말을 듣게 되어서 좋았다. 그리고 실아 주있으니 좋았다. 이 "살려 주셔서 감사합니다."라는 말은 다시는 그녀로부터 들어서는 안 될 말이기도 하다. 그녀가 또다시 위험한 상황에 처하게 되기를 원치 않기 때문이다. 하지만…. 혼란의 시기가 다가오고 또다시 위험에 처할 그녀를 발견하게 되어 버릴 것만 같은 예측이 나와 버리고 말았다.

나는 스타게이저

나는 스타게이저. 하늘을 보는 사람. 오렌지 서프보드에 잠들어 있던 나에게 조카는 공기 로봇 우와라는 이름을 지어 주었다. 히브리어로 공기의 흐름이라는 뜻이 있고 영혼이라는 의미도 있는 우와라는 이름을 지어 준 것은 나의 존재를 직감한 이유일 것이다.

사람의 몸을 갖고 있지 않다고 나를 사람이 아니라고 생각한다면 그것은 슬픈 일이다. 사람의 생각을 온전히 갖고 있다면 사람이라고 생각해 주어도 되지 않을까. 왠지 귀신이라고 하는 것은 이해가 가지만 나를 지칭할 여러 가지 말 중 귀신이라는 단어는 피해 주었으면 한다. 귀신이 무섭다는 느낌이 드는 것은 어렸을 적 보았던 <전설의 고향>이라는 티브이 시리즈 탓인지도 모른다. 아니면 조금 다른 존재라서 특별한 능력으로 나에게 해로움을 끼칠 거라는 생각 때문일지도 모른다.

생전에는 돌아가신 할머니가 가끔가다 꿈에 등장해 주셨던 일들이 있다. 조상이 꿈에 나타나 복권 번호를 알려 주어서 당첨이 되었다는 이야기들은 아마도 사실일 것이다. 왜냐면 나에게도 돌아가신 할머니가 번호를 주셨기 때문이다. 하늘에 구름이 있었는데 구름에 번호들이 새겨지는 것이 보였다. 그리고 그 번호들은 정말로 그다음 주 복권 당첨 번호와 완벽하게 일치하였다!

다만 아쉬운 것은 내가 꿈에서 깨어나 기억한 숫자들이 3개뿐이었다는 것이다. 평소 할머니 말을 잘 안 들어서 그렇다고 주위에서는 농담 반 진담 반으로 말해 주기도 하였지만 진심이 어린 '반'이라는 부분이 나에게 전해져 그 후로 주위의 연세가 많으신 분들을 공경하고 잘 챙겨 주기로 강한 다짐을 하는 커다란 인생의 전환점을 맞이하게 되는 순간이었다. 이것은 사실 복권 당첨보다도 더 대박 사건인 것은 아닐까. 할머니에게 감사한다. 그리고 미안하다.

'귀신'이라는 단어를 사용하는 대신 다른 단어를 사용하면 나와 동등한 입장의 사람으로 보이기도 할 것이다. 그래서 공기의 흐름이라는 뜻을 가진 우와라는 히브리어가 맘에 든다. 정말 우와! 얼마나 대단한 일인가! 영혼이 있다는 것은 대단한 일이다.

만약 흉악한 범죄자가 자신이 괴롭혀 왔던 사람을 귀신으로 대면하게 된다면 두려울 것이다. 공기처럼 흘러 다니는 귀신의 특별한 능력이 두려울 수도 있다. 그래서 다른 한편으로 이런 생각이 불현듯 들기도 한다. 혹시 누군가가 범죄를 즐기며 범죄를 낙으로 삼는 특정한 사람들이…. 사람의 영혼이라는 것을 '영혼'이라는 소중하고 대단한 존재를 사람들과 분리해 놓기 위해서, 아니면 기존의 종교들을 무너뜨리는 수단으로 이용한 것은 아닐까 하는 가능성이다. 죽은 사람의 가치를 최하로 떨어뜨리는 좀비 영화를 급부상시키는 현상과도 일치하는 것일지도 모른다.

서프보드에 몸을, 나의 존재를 숨기게 된 사연은 이렇다. 바닷가재를 이용해 불멸의 약을 개발 중에 있던 로봇 간호사와 마주한 적이 있었다. 그 간호사는 헌신적이어서 내가 원하는 일을 이룰 수 있도록 모든 정보를 아낌없이 전해 주었다.

가재는 불멸의 생물이다. 가재가 죽게 되는 이유는 껍질이 두꺼워져서 껍질을 깨지 못했을 때이다. 시스템적으로 보자면 어차피 죽음에 이르게 되는 불멸이 아닌 것처럼 여겨질 수도 있겠지만 껍질 안의 가재만을 생각하면 불멸의 생불이라고 해도 맞을 것이다. 그 불멸의 생물의 몸통 부분을 오리지널 진로 소주 134mL에 30초 담갔다가 꺼내고 다리 부분은 33초를 담갔다가 바로 먹는다. 몸통은 천천히 씹어서 먹는 것이 중요하고 다른 음식과 같이 먹게 되면 효과가 제로가 될 수도 있다.

이 방법으로 나는 불로장생을 하지는 못했지만 나의 존재를 아직 못다 한 일이 많은 이곳에 남겨 둘 수가 있었다. 나와 키가 비슷하고 수제품이 된 연도가 나의 나이와 일치하는 나무를 찾아야 하는 것이 중요한 관건이었지만 놀랍게도 내가 아끼던 오렌지색 핀 테일 보드가 바로 그 조건을 완벽하게 충족해 주었다.

나의 유일한 혈연인 조카에게 오렌지색 핀 테일 보드를 유산으로 남긴다고 한 것은 나의 유일한 조카를 지켜 주려는 것도 있었지만 도움도 필요했기 때문이다. 나의 장례식 장에 모여 주었던 엘사의 동생과 조카를 보며 좋은 예감이 들었다. 그들은 정의의 사도로서 세상을 구할 자신의 역할을 하기 위해 최선을 다해 줄 것이다.

　오렌지색 보드 안에 숨어서 힘을 모아야 하는 시간이 7년이었다. 7년이 되지 못했기에 힘이 아직 약하지만 전력을 다해 움직이고 있다. 나는 공기의 흐름. 우와! 아니, 아니지. 나는 스타게이저. 추리를 하던 나의 능력은 미래를 예측하는 능력으로 발전해 나가며 조카의 의뢰를 받아 주는 것이 최근 일상이 되어 가고 있다.

1

　미래를 예측하였다.

　신호등에 멈춰 서 있는 낡은 차를 타고 있는 커플이 있다. 이 커플은 사귄 지 한 달밖에는 되지 않았고 이 둘은 천생연분이다. 하지만 파란색 신호등에 반응하여 차를 발진하여 5미터를 나가는 순간 빨간 신호를 무시하고 지나가려는 오른쪽에서 다가오는 빠른 속도의 빨간 차와 충돌하고 말 것이다. 옆으로 가해진 거대한 그 충격은 여자가 앉은 좌석에 직격타로 가해지고 그녀는 몇 분 정도 숨을 쉬다가 눈을 감을 것이고 남자는 옆으로 가해진 충격에 의해 머리가 창문에 부딪혀서 뇌진탕을 입고 걸어 다니다가 그다음 날 생을 마감하게 된다.

숙도록 내버려 두기에는 좋은 사람들이다. 지금은 젊은 나이에 세상 물정을 모르고 방황하고 있기는 하지만…. 앞으로도 많은 방황을 하겠지만…. 마음을 잡아 줄 만한 큰 사건과 대면한 후에 그들은 많은 사람에게 따뜻한 웃음과 따뜻한 친절함을 전해 주며 이 세상을 살아가는 사람들에게 중요한 마음의 지표를 심어 줄 것이다. 흔들리고 있는 사람들을 정상적인 길로 인도해 주는 강한 축이 될 것이다. 만약 이 사고에서 살아난다면 그렇다.

나의 미약한 힘으로 총알처럼 달리는 차를 멈추기에는 실패할 확률이 너무나 높아 보이고 앞으로 3초 안에 벌어질 이 상황을 일어나지 않게 하기 위해서는 커플이 탄 차가 출발하지 않게 하는 것이 좋을 것이라는 판단을 하였다. 나의 존재가 빙의라는 것으로 들어가 구해 준다는 시나리오도 있지만 그것은 3초 안에 가능해 보이지는 않는다. 그렇다면 빠른 속도로 전달이 가능한 마음 심어 주기 방법이 있다. 나의 망설이는 마음을 빼내어 운전석의 남자에게 심어 준다. 그래서 어쩔 수 없이 망설이게 만들어 차의 출발을 늦춰 보는 것이다. 나의 망설이는 마음은 빠른 속도로 운전석의 남자에게 심어졌다. 다행히 파란불이 켜졌음에도 출발을 망설이게 된다.

그 망설이는 순간에 빨강 신호등을 무시하고 아주 빠른 속도의 빨간 차가 지나간다. 일이 마무리되었다. 위험이 사라졌다. 커플은 목숨을 건진 것이다. 빠르게 지나가는 빨간 차를 보며 남자는 자신의 차를 왜 출발시키지 않았는지 얼떨떨해하지만 출발하지 않아서 잘했다는 안도감으로 두리번거리고 있다. 옆 좌석의 여성은 아무런 일 없었다는 듯 그저 창문 밖을 바라본다. 그들을 살렸다. 그들의 미래를 연장시켜 주었다.

망설이는 성격은 앞으로 10년 동안 남자를 떠나가지 않을 것이다. 하지만 남자는 앞으로 10년 후 인자하고 정의로운 사람이 될 것이다. 커플은 가끔 오늘의 일이 화면처럼 머릿속에 지나가겠지만 도움이 있었을 것이라는 걸 가끔은 예상하기도 해 보겠지만 나의 존재를 그들은 모른다. 모르는 것이 다행이다. 앞으로의 험난한 경험들을 극복하고 뛰어넘기 위해서는 기대지 않는 자립심과 추진력이 필요하기 때문이다.

물론 나의 예측이 빗나가서 그들이 악한 길을 가게 된다면 내가 그들의 목을 비틀어서라도 깨닫게 해 줄 것이다. 내가 살려 준 것에 대한 작은 애프터서비스이다.

1년 후 둘은 헤어지고 말았다. 내가 심어 놓은 망설임으로 남자는 제대로 된 방향으로 가지 못하였다. 둘은 지금 헤어졌지만 앞으로 꼭 다시 만나서 재회를 하였으면 하는 간절한 바람이 있다.

2

렌즈를 착용하는 사람들을 부러워하던 12살짜리 소녀가 있었다. 눈의 시력이 너무나도 좋았기에 렌즈를 착용할 일은 없었고 최근 집 안의 토일렛에 나타난 렌즈용 식염수가 그녀의 시야에 들어왔다. 착용할 렌즈는 없지만 식염수라는 것을 본 순간부터 그것을 눈에 넣고 싶은 욕망에 사로잡혀 있다.

'오늘 넣어 볼까?'

'내일 넣어 볼까?'

'그래도 엄마에게 물어보고 넣는 게 나으려나?'

'아니야, 아니야. 오늘 수업이 끝나고 집에 가면 그거부터 넣어 봐야지.'

'그래도 엄마 허락 없이 썼다고 혼나면 어떻게 하지.'

'학교 끝나고 집에 가면 식염수가 있다. 어떻게 하는지 모르는데 그래도 한번 열어서 시도해 보는 것도 나쁘지 않을지도…. 렌즈의 가격이 비싸서 살 수 없는데 그래도 식염수라도 집에 있어서 다행이다. 아무래도 오늘은 눈에 넣어 보는 것이….'

식염수 통 안에 들어 있는 것은 식염수가 아니다. 염산이다. 그녀의 어머니가 대청소를 하기 위해 작은 마켓을 하고 있던 친척에게서 구해 온 것이다. 혼자서 아이들을 키워야 했던 그녀의 어머니는 밤늦게까지 과자를 만드는 공장에서 일을 하는 피로감으로 계획했던 대청소를 미루고 있었던 것이다.

이 소녀는 엄마가 집에 없는 동안 눈 속에 염산을 넣은

후 고통 속의 나날을 보내다가 몇 개월 후에 사망에 이르게 된다. 그녀를 구해 내야 한다. 그녀의 엄마가 청소를 하도록 설득하는 것은 쉽지 않다. 그녀의 피로와 스트레스라는 방어막이 나의 메시지를 튕겨 보내는 기전으로 작동하기에 제대로 전달이 되지 않고 있다. 식염수를 움직여서 바닥에 떨어뜨리고는 싶지만 얼마 전 휘젓하는 기대힌 바뉘늘 온몸으로 상대했던 나는 그럴 만한 힘이 남아 있지 않다. 기회를 보자. 나의 힘으로 가능한 순간이 올 것이다.

12살 소녀는 엄마에게 혼나는 것을 두려워해서 염산이 든 식염수 통을 아직까지 열어 보지 않고 잘 버텨 왔지만 그녀가 살기 위해 지금 해야 할 일은 엄마에게 물어보는 것이다. 물어보고 확인해 보는 것이다.

12살 소녀가 말문을 여는 것을 도와주기 위한 방법으로 하악 관절을 잡고 있는 근육을 풀어 주었고 움츠려 있는 어깨를 차분해지도록 해 주었다. 근육의 움직임은 미토콘드리아가 만드는 물질이 시냅스 간 플러스, 마이너스로 이동하는 것이 원동력이고 근육의 플러스, 마이너스는 공기를 흐르게 하는 나의 능력과도 일치한다. 그녀가 말을 시작하도록 기본을 깔아 주었다. 이제 그녀의 차례다.

"엄마, 토일렛에 있는 식염수…. 눈에 한번 넣어 봐도 돼요?"

그녀의 어머니는 머리카락이 서고 눈의 검은자가 조그맣게 축소되면서 말문이 막히고 기겁을 하였다. 그리고 그녀를 꼭 안아 주며 울었다.

12살 소녀는 그 후로도 가난에 시달렸고 성인이 되어서는 극도의 외로움이 기습하고 뭐를 해도 뜻대로 되지 않는다. 처절하도록 비참해 보이는 삶을 살겠지만 그 어떤 상황에서도 정신이 무너지지 않고 바른길을 가게 되고 30살 후반에는 평범한 생활을 하는 평화를 맞이하게 될 것이다.

부디 그렇게 되기를 바랍니다.

앞으로 세상을 구할 사람 중 한 명인 12살 소녀에게

3

거대한 바퀴의 회전을 피할 수 있었던 그 미인 아주머니를 우연히도 길에서 만났다. 나를 한 번 감지했던 탓인지 바로 나를 바로 알아보고 인사해 주셨다. 그리고 양손으로 나의 손을 꼭 잡아 주셨다. 하지만 이때 나에게 그녀의 미래가 고해상도 사진처럼 강하게 보여 왔다. 손을 꼭 잡아 주면 이렇게 선명하게 보이게 되기도 하다니…. '하다니'라는 단어를 사용한 것은 아쉬움 때문이다. 과연 다음에 그녀를 만났을 때 그녀를 구해 줄 수 있을까. "살려 주셔서 감사합니다."라는 말을 들어 볼 수 있을까.

간편하게 냉동을 해 주는 드라이아이스는 아이스크림을 보관하기에 용이하다. 간편하고 용이하고 달콤한 아이스크림과도 관련이 있는 드라이아이스가 극도로 위험하지는 않을 거라고 간과해 버리는 일이 발생하기도 한다. 문제의 날은 토네이도가 몰려오며 시작된다.

냉동고에 생선을 보관해야 하는 직업을 가진 다소 피곤해 보이는 중년의 남자는 태어나서 처음 경험하는 토네이도라는 것에 흥미를 느끼고 마치 서커스를 보는 것처럼 구경하고 있었다. '건물 안은 안전할 거야.'라고 생각한 것은 토네이도를 처음 보는 사람으로서 당연한 것이다. 그래도 불행 중 다행인 것은 안전한 건물 안을 택하지 않고 파킹 랏에서 하늘로 빨려 들어가는 쓰레기통을 영상으로 찍기 위해 자신의 차 안에 있었던 것이다. 영상을 찍던 도중 파킹 랏을 둘러싸고 있는 50미터나 되는 철로 만들어진 구조물에서 굉음이 들려온다. 그리고 50미터나 되는 구조물이 넘어지려 하고 있었다. 이때 차 안에 그대로 있었다면 최선의 선택을 한 것이다.

하지만 힘쓰기를 좋아하는 남성은 토네이도를 뚫고 달려가 50미터나 되는 철조물을 양손으로 잡았다. 여기서 잡은 것이라고 표현한 이유는 철조물을 지지하지 못하고 철조물과 함께 날아가 땅에 떨어졌기 때문에 그냥 잡은 것뿐이었다. 그래도 불행 중 다행인 것은 철조물을 놓지 않고 꽉 잡고 있었기에 하늘로 날아가지 않고 약간의 부상만을 입고 목숨을 건질 수 있었다. 여기서 끝났다면 다행이다. 이 일이 벌어지고 있던 사이에 건물이 무너져 내린 것이다. 남성에게는 건물보다도 자신이 매일매일 온도를 점검하며 지켜왔던 생선이 걱정된다.

5분 후 비참한 일이 발생한다. 생선을 살리기 위해 3백 파운드의 드라이아이스를 생선 위로 부을 것이다. 장갑도 끼지 않고 드라이아이스를 상대한 터프함은 손에 가벼운 화상만을 남기겠지만…. 불과 몇 분 전에 50미터나 되는 철 조물을 잡고 있던 탓에 숨이 과도하게 거칠어진 상태에서 가쁘 쉬고 있는 것이 문제기 된다. 3백 파운드의 드라이아이스 위에서 숨을 쉰 것이다. 남성은 폐가 얼어붙고 그 차가움이 뇌까지 전달되어서 어지러움으로 쓰러지고 그 후로 일어나지 않을 것이다.

이 남성을 살려야 한다. 낮에는 생선을 지키고 밤에는 유명 유튜버로 꽤 괜찮은 정보를 전달하고 있는 이 남성은 앞으로도 유용한 정보들을 많은 분에게 전달해 주는 것에 몸을 아끼지 않고 열심히 해 줄 것이다. 하지만 이번은 상황이 다르다. 나의 예측을 빗나가는 상황이 발생했다.

25분 전의 일이다. 로스앤젤레스의 동남쪽에 위치하고 있는 몬테벨로라는 도시에 토네이도가 찾아왔다. 강한 토네이도가 찾아오는 일은 전무후무할 정도로 드문 일이었고 이 현상이 대대적으로 티브이에 방영되고 있었는데 더 이상한 일은 6만 명이 살고 있는 이 도시에서 토네이도가 찾아온 곳은 빌딩 하나뿐이었다는 것이다. 게다가 예감이 안 좋은 것은 그 건물은 오늘 마침 내가 방문하기로 예정이 되어 있던 곳이다.

혹시 누군가가 나의 흐름을 바꾸려는 것인가? 나의 흐름을 읽어 낸 존재가 있다면 그 존재는 내가 미래를 예측하듯이 나의 움직임을 예측하고 미리 행동을 하였다는 것이다. 게다가 토네이도를 일으킬 만한 강력한 힘을 갖고 있는 존재라면 나의 미비한 힘은 아주 쉽게 무력화되어 버릴 수도 있다. 그것에 겁을 먹고 물러날 내가 아니다. 25분 후에 그곳에 도착하였다.

빌딩 안으로 발을 들여놓는 순간 한기가 느껴져 왔다. 굉장한 차가움이다. 마치 드라이아이스가 들어 있는 시험관에 빠져 버린 것처럼 나의 몸은 불과 15초 만에 얼어 버리고 말았다. 움직일 수가 없다. 흘러갈 수가 없다. 공기의 흐름으로 움직이는 내가 흐를 수가 없게 된 것이다. 당했다! 이런 방법은 예측하지 못하였다. 슈퍼맨의 힘을 약화시키는 것은 크립토나이트. 나에게는 드라이아이스인가….

이때 기회가 왔다. 움직일 수 없는 나는 남성이 나의 반경 5미터 안에 들어오는 것을 기다렸는데…. 됐다! 내 앞으로 뛰어가던 남성에게 뛰지 말고 차분해지도록 '기다리는 성격'을 심어 주었다.

'생선은 꽁꽁 얼어 있으니까…. 몇 시간 지나도 얼어 있겠지. 그럼 잠시 숨을 돌리고 상황을 생각하자.'

남성은 살았다. 나는 앞으로 기다리지 못하고 조금은 초조하게 다니겠지만 그 정도야 괜찮다.

4

내일을 예측하였다. 내일 오후 2시 34분경에 산 가브리엘이라는 동네에서 혼자 밥을 먹는 소녀가 있을 것이다. 이 소녀는 가츠 샌드위치(Katsu Sandwich)를 먹을지 하와이안 포케(Poke)를 먹을지 고민을 한다. 가츠 샌드위치의 튀김 향기가 그녀의 발길을 옮기기에 충분하였지만 살짝 통통한 그녀는 그래도 이번 달은 다이어트에 힘을 쓰는 것에 총력을 기울이기에 하와이안 포케를 선택하였다. 그곳에는 그녀의 인생을 바꿔 줄 오렌지색 서프보드가 전시되어 있을 것이다. 보기 드문 오렌지색 핀 테일 서프보드는 그녀를 서핑의 길로 인도하여 서핑의 여신이라는 칭호를 받게 하며 전 세계가 열광할 수많은 일을 해낼 것이다.

이렇게 자그맣고 통통했던 쌍꺼풀 없는 뽀글 머리 고등학생이 그녀의 에너지를 세상에 강하게 어필하는 인플루언서가 되는 것이다.

하지만 인플루언서가 되는 길은 험난하다. 슈퍼 인플루언서라면 더 그렇다. 그 후에 생겨날 일에 대한 예측으로 그녀의 목숨을 구하기 위하여 나는 그녀 대신 다른 작고 아담한 여학생을 오렌지색 서프보드로 인도할 것이다. 그녀보다 5분 먼저 그곳에 도달하도록.

5분 먼저 도착한 작고 아담한 그녀도 서프보드의 신비로움에 끌려서 자신도 모르게 그곳에 도달하게 된 것이다. 물건에는 오라라는 것이 있는 것일까. 아담하고 작은 그녀는 서핑으로 그전에 존재하지 않았던 새로운 타법을 개발하여 역시 세계를 열광시킨다. 하지만 슈퍼 인플루언서까지는 도달하지 못하였기에 안전한 생활 속에서 편안한 인생을 즐기게 될 것이다.

오렌지 핀 테일 서프보드가 그곳에 놓여 있던 이유는 새로운 인연과 우연 그리고 예측을 만들어 내는 조합과 예측을 위한 계산을 위해서였다. 그리고 다행히도 오렌지 핀 테일 보드가 만들어 낸 작은 비틀림으로 길에서 만났던 그리고 거대한 바퀴 옆에서 나의 도움을 받으셨던 그 아주머니를 다시 성공적으로 도와 드릴 확률이 조금 더 높아졌다.

나에게 의뢰를 해 오는 그 인물과 함께 서핑을 즐기는 동양계 비키니 걸이 나에게 찾아왔다. 그녀와의 대면은 이번이 두 번째이다. 내가 오렌지 보드에서 갓 나온 그때의 나를 알고 있던 비키니 걸은 현재의 내가 조금은 낯설 수도 있다. 하지만 그녀는 예전과 다름없이 나를 자연스럽게 대해 주었고 오히려 내가 당황하였다. 예전에는 몰랐다. 뭔가가 달랐다. 그녀의 신비로움은 어디에서 오는 걸까. 혹시 그녀는 용의 언어를 구사한다는 다양한 언어에 능통한 사람들이 살고 있다는 앤티크 숍과 관련된 인물인 것일까? 갑자기 용의 언어라는 말이 튀어나와 판타지 같은 거리가 먼 이야기가 될 수도 있겠지만 용은 오랜 세월 동안 많은 책에서 전해진 단순한 전설이 아닌 진실 같은 이야기일 것이다. 세상에 뿌려진 허황된 과학보다도 훨씬 더 진실 같은 이야기일 것이다.

그녀는 나에게 의뢰를 해 오는 그 인물처럼 다양한 방법으로 자신의 의사를 전달해 왔다. 그녀의 말은 좀 길었지만 그녀가 전달하려는 것을 간단히 요약하면 이렇다.

자신도 가세해 3총사가 되면 어떻겠느냐?

그녀와 팀이 된다면 재밌는 일이 많을 것 같다. 물론 그녀에게 다가올 위험도 있겠지만 그녀는 모험가이다. 그녀 인생의 최적의 선택 중 하나를 그녀의 의지로 하겠다는 것이고 그녀는 충분히 도움이 될 만하였다. 3총사의 공통점은 역시 의사소통이다. 우리의 대화를 듣게 되는 사람들은 작은 소리로 중얼거린다고 생각할 수도 있고 말도 없이 고개를 끄덕인다고 생각할 수도 있다. 파장과 주파수 그리고 진동의 강약으로 이어지는 우리의 대화는 전투를 할 때도 용이하다. 상대방에게 작전이 들키지 않게 되고 들킨다 해도 새로운 주파수를 만들어 내어 이중 삼중의 보호막을 더할 수도 있기에 이것은 마치 새로운 언어를 바로 만들어 내어 대화하는 것과도 흡사하기에 언어 자체가 교란이 되고 방어가 되고 공격도 될 수가 있게 된다.

언어의 공격에 무너지는 사람들이 있다. 아주 가벼운 언어의 공격에도 핏발을 세우며 싸우려 하다가 정작 중요한 것들을 잃어버리게 되는 경우는 생활 속에서 빈번하다. 언어의 공격에 쉽게 무너지는 사람들의 일반적인 성격은… 자만심, 자신은 다르다, 나는 특별하다. 그런데 감히 네가 나한데 그런 밀을 해!

이런 성격을 가진 사람들은 쉽게 사람을 나쁘다고 하고 쉽게 적을 만들어 버린다. 어제까지도 좋은 사람이었던 친구가 불과 하루아침에 세상에서 가장 나쁜 사람처럼 묘사를 해 버리고 자신의 입에서 안 좋은 언어들을 폭포처럼 쏟아 낸다. 이런 경우는 그 언어를 듣는 사람도 안쓰럽지만… 하는 사람 자체가 자신을 망가뜨리고 있다. 혈압이 오르고 정신이 강퍅해지고 자신의 영혼마저도 갉아먹는 언어가 되어 간다.

자신의 가족이 폭탄을 맞아 피를 흘리며 고통을 받는 것만이 공격이고 전쟁이 되지는 않을 것이다. 가족들의 마음에 폭탄을 터뜨리고 마음의 피를 흘리게 하는 것도 전쟁이고 언어 전쟁이다. 물론 친구들에게도 마찬가지임은 당연하다. 자신의 가족이 소중하듯이 친구들도 마찬가지라는 이야기이다. 맛있는 것을 맛있다고 하는 똑같은 사람들이다.

언어가 생각에 미치는 이 중요하고도 당연한 사실은 파장이 생각에 미치는 것과도 일치한다. 그래서 눈에 보이지 않는 파장은 조심해야 하고 그것에 대한 규제가 필요할 것이다. 우리의 가족뿐만이 아닌 모두를 위해서!

기다리는 로켓

3총사의 활동은 최대한 비밀리에 진행된다. '앞으로 나서서 고맙다는 말을 듣고 싶지 않으냐?'라고 생각될 수도 있지만 나를 향한 고마움이 아니어도 괜찮다. 오히려 살아 주어서 내가 고맙다. 그 고맙다는 마음이 내가 아닌 다른 사람들에게로 향하기를 바란다. 급격하게 차가워지고 있는 세상에는 따스한 온기가 필요하다. 많이 필요하다.

나는 스타게이저. 하늘을 보는 사람. 하늘 아래에 있는 사람들에게 나의 친구들에게 전달하고 싶다. 나의 친구가 되어 달라고.

트럭의 바퀴에서 목숨을 건지신 분과 다시 마주쳤다. 마주쳤다기보다 멀리에서 서로의 존재를 확인하였다. 인파가 많았기에 서로 눈웃음을 지으며 인사하였다. 사람들 앞에서 연설을 하고 계시는 그분에게 다가올 위험은…. 아쉽지만 내가 어떻게 할 수 없다는 예측이 나와 버렸다. 그분을 기다리는 로켓이라고 부르고 싶다.

로켓의 어원 원통형 실마리 로체토(Rocchetto)

사건의 실마리

재봉틀의 실은 문명의 근원

사람을 기본으로 하는 문명을 이끌어 갈 로켓

지금은 기다리지만 앞으로 쏘아 올릴

기다리는 로켓

식염수 통 안에 있던 염산을 눈에 넣지 않고 살아나 준 12살 소녀가 성인이 되어 기다리는 로켓으로 우리 3총사 멤버로 가세해 줄 것이다. 4명이지만 3총사라고 불러도 괜찮을 것 같다. 다르타냥과 함께했던 아토스·아라미스·포르토스, 삼장 법사와 함께했던 손오공·사오정·저팔계, 제갈량

과 함께했던 유비·관우·장비. 3총사는 재봉틀 실로 만들어

주신 할머니의 정성이 최고의 문명 중 하나임을 잊지 않을

것이다.

총리를 살려라

　화폐가 움직인다. 사이비가 도사리고 있다. 사이비가 저격한다. 그리고 사이비의 소행으로 마무리될 것이다. 역시화폐 관련이다. 조카에게서 받은 의뢰이다. 이 의뢰는 꼭살려 달라는 간절한 의지와 불안함을 담고 있었다.

　살리기 위해서 사이비 소굴에 잠입하는 방법도 있겠지만끝도 없이 나오는 사이비 인물들을 나 혼자서 막을 방법은없다. 높은 곳에서 전체를 살펴보는 방법도 있겠지만 이번의뢰에 성공하기 위해서는 개개인 한 명, 한 명을 주시해야한다. 미래를 예측하는 나의 능력으로 분석해 본 결과 이번건은 거대한 스파이 작전이 발동되어 있다. 인터넷화가 되어 가고 빠른 정보의 세상에 살고 있는 현실이지만 인터넷과 전화기의 사진 기술 같은 것들이 우리의 편이 되어 주지는 않는다. 오히려 나의 발목을 붙잡고 나의 시야를 가려 버릴 확률이 더 높다.

이 경우는 새로운 화폐로 급부상하고 있는 비트코인도 마찬가지이다. 새로운 화폐의 혁명으로 보일 수도 있겠지만 결론적으로 우리의 화폐에 대한 희망을 안벽하게 무너뜨릴 거대한 스파이 작전의 산물이 된다.

사토시를 숨어 있는 영웅처럼 유도하는 뉴스들도 속임수. 사토시가 국민들을 위해…. 이자율이 붙어 있는 잔인한 화폐를 무너뜨리기 위해 비트코인을 만들었다는 것도 속임수인 것이다. 화폐에 대해서는 많은 음모론이 도사리고 있다. 도사린다고 표현한 이유는 그 음모론의 대부분은 화폐를 제작하는 자들이 만든 것이기 때문이다. 정말 중요한 것을 감추기 위해.

정작 중요한 것은 항상 간단하다. 그들이 감추려고 하는 중요한 진실은 바로 '이자율'이다. 은행의 예치금이 얼마인데 더 많은 돈을 빌려주었다는 것이 음모론의 중심에 있는데 이것은 모두가 알고 있는 사실이기에 이 모두가 알고 있는 사실을 이용해 정작 중요한 '이자율'이라는 잔인한 비화폐 시스템을 그냥 중요하지 않은 것처럼 지나쳐 버리게 하는 것이 그들의 중요한 목적이다.

간단명료하게 이야기하려 한다. 이자율이 붙은 돈은 화폐가 아니다. 이자율이 붙는 순간의 바로 전이 화폐일 것이다. 이자율에 친숙해진다고 하여도 그것은 화폐가 될 수 없다. 세상의 금융은 이자로 움직인다. 집을 살 때도 이자율, 은행에 적금을 해도 이자율. 신용 카드를 사용하면 이자를 받기도 하지만 많은 이자를 내는 것에 대한 극도로 작은 보상이다.

국가에도 퍼센트인 이자율을 지급해야 한다. 물건을 사는 것뿐인데도 시(市)에 지불하는 퍼센트인 이자율이 있다. 그리고 보이지 않는 값어치에도 이자율이 붙어서 애초에 이자율이 붙은 화폐에 또 다른 이자율들이 더블(Double), 트리플(Triple)로 붙어 이자에 이자가 붙는 사기가 형성된다. 이것은 분명 사기이다. 알고 당하고 있는 사기이다.

이런 거대한 사기를 진행하는 사람들을 상대로 싸워야 하는 이번 의뢰는 사실 나의 능력으로 해결하기에는 상당히 벅찬 일이다. 그렇다고 불가능하지는 않다고 생각하기에 여러 가지 계획을 짜고 있기는 하지만 그들의 정보력을 포함한 잔인함이 이 계획을 나의 패배로 만들기에도 충분해 보인다.

사기와 사이비. 이 비슷한 단어의 중심에는 심리 기술이 강하게 사용되어 있기에 우리는 우리의 마음을 강하게 하며 미래를 지켜 내어야 할 것이다. 실제로 할머니, 할아버지들이 겪었던 한국 전쟁에서도 심리 기술이 쓰였냐는 정보를 자주 접하게 된다.

여기서 한 발짝 물러나 생각해 보면 도대체 사이비란 무엇인가? 종교인가? 사이비 기술을 쓰는 종교를 사이비 종교라고 한다. 그렇다면 종교를 넘어서 사이비 기술을 쓰는 큰 집단이 있다면 그 집단 자체가 사이비이고 사이비 기술을 이용하는 사람들이라는 추리도 가능하다. 우리가 일반적으로 생각하는 사이비보다 더 큰 집단 그 자체가 혹시 사이비 그 자체가 되는 것은 아닐까.

앤드루 잭슨 대통령에게 쓰인 수법, 에이브러햄 링컨 대통령에게 쓰인 수법, 케네디 대통령에게 쓰인 수법. 전부 닮아 있지 않은가? 그와 비슷한 수법이 오늘 또 일어났다.

구해 달라는 의뢰를 이루기 위해 미래를 예측하며 기다리던 나는 오늘 무릎을 꿇었다. 땅에 무릎을 꿇게 되었고 눈물이 흘러 내려왔다. 평소에 무릎을 꿇거나 울지 않는 나이지만 전체적으로 힘이 빠지니 무릎이 땅에 닿게 되었고…. 그리고 눈물 한 방울이 흘러내려 땅에 떨어져 내렸다. 이때 나의 머릿속에 강하게 울려 퍼지는 목소리는 예전에 들었던

　　살려 주셔서 감사합니다.

　　살려 주고 싶었다. 지금이라도 내 앞에 나타나 "살려 주셔서 감사합니다."라고 해 주면 안 되는 걸까? 기다려 보아도 목소리는 들리지 않는다. 이 세상에는 더 이상 없는 모양이다. 피를 흘리고 후송되었다는 뉴스 보도가 있었고 심장이 멈춘 상태이고 과도한 출혈…. 그리고 몸의 중앙을 관통한 총상이라면 벌써 사망한 거나 다름이 없다.

　　살려 주지 못해서 미안합니다.

　　죄송하지만 저는 이 일을 예상하고 있었고 막아야 하는 임무를 띠고 있었습니다. 죄송합니다. 정말 죄송합니다. 전

력을 다해 미래를 예측해 보았다는 말은 핑계가 될 것입니다. 더 많은 경우의 수를 생각하지 못한 나의 잘못입니다. 안전할 장소라고 생각하고 잠깐이라는 방심을 하고 있었던 나의 어리석음입니다.

이런 생각들이 흘러가며 눈물이 땅에 떨어져 마르기도 전에 의뢰인이 찾아왔다. 면목이 없다. 의뢰인은 조용히 나가와 나의 뒤에 서 있다. 나를 위해서 나의 얼굴이 들키지 않도록 배려해 주는 것이다. 의뢰인은 나에게 이렇게 물었다.

"지금도 그전에도 아주 오래전에도⋯. 이렇게 될지 알고 있었을 텐데⋯. 왜 그렇게 무모하도록 자신을 희생하며 일들을 진행하는 것일까요?"

의뢰인의 목소리는 바람 소리보다 작지만 나는 알아들을 수 있다. 그의 목소리는 사람의 언어가 아니지만 나는 알아들을 수 있다. 세상의 모든 언어를 알고 있는 그는 의사소통은 진동과 파장이라는 것을 잘 이해하고 있고 내가 가장 쉽게 이해할 수 있는 전달 방법을 사용해 준 것이다. 사람의 한 가지 언어에는 전하지 못할 말들이 다분히 존재하기 때문일 것이다.

나는 이렇게 답해 주었다.

"입장을 바꿔서 생각해 보는 것은 언제나 좋은 경험을 전달해 줄 가능성이 큽니다. 입장을 바꿔서 우리가 대통령이 되기 위해 선거 운동을 하며 차를 타고 다닌다고 상상해 봅니다.

나를 위해 모여 주었고 나를 위해서 손을 흔들어 주는 수백 명, 수천 명의 사람 얼굴 하나하나를 본 사람이라면 어떤 생각이 들었을까요? 자신에게 기대를 하는 희망과 꿈을 담고 있는 그 눈빛 하나하나를 보며 보통 사람이라면 꼭 그들의 소망을 들어주고 싶었을 것입니다. 보통 사람이라면 말입니다.

그에게는, 앤드루 잭슨에게는, 링컨에게는, 그리고 케네디에게는…. 살려 달라고 하는 국민들의 비명이 들렸던 것은 아니었을까요…."

로봇화
작가의 말 2

국민들의 비명이 들렸을 것.

　자신과 자신이 속하고 자신과 관련된 사람들까지 희생하게 될지도 모르는데 너무나도 강한 집단에 맞서 버티는 사람이라면 충분히 그럴 만도 합니다. 자신에게 희망을 품고 자신을 응원해 주는 사람들이 앞으로 고통 속에서 살아갈 것이 머릿속에 이미지화되어서 보였다면 그것은 국민들의 비명처럼 들려왔을 것입니다.

　'고통 속에서 살아갈 국민들'이라는 말은 국민들에게 쉽게 와닿지 않는 말일 것입니다. 자신이 고통 속에 있다는 것을 느끼지 못하고 따라오게 하려는 극도의 기술이 쓰였기 때문인데요. 그 기술에 전력을 다하는 사람들을 국민들이 당해 내기란 쉬운 일이 아닙니다. 왜냐면 그 기술을 국민들에게 공개하지 않으려고 발버둥을 치는 사람들이 있고 바로 그것이 작은 비틀림이기 때문입니다. 왜곡된 비틀림 속에서 살다 보면 어떻게 속임수에 당하고 있는지 감을 잡기 힘들어지기도 합니다.

이 이치는 사실 사이비에서 쓰는 기법과도 동일합니다. 사이비에 빠져서 자신이 무엇을 하는지 모르고 복종을 하게 되는 경우이고 이런 현상이 최근 사회 전반에 깔리고 있고 자연스럽게 퍼져 나가고 있습니다.

보통 사람이라면 그렇다.

좋은 말입니다. 보통 사람들이 당연하다고 생각하는 그 이치들이 천 년이라는 시간 동안 나무를 갉아 먹는 벌레처럼 혹은 바이러스처럼 우리를 무너뜨려 온 것입니다.

벌레=바이러스

MRSA라는 치명적인 벌레는 Super Bug라고 불리는 바이러스입니다. 여기서 짚고 넘어가야 할 것은 벌레를 없애기 위해 그 벌레보다 약한 벌레를 만드는 것이 일반적인 백신을 제작하는 방법이지만 그것이 정말 '최선의 방법일까?' 하는 것입니다. 그 방법이 정말 항상 먹히는 방법인지 아닌지 바이러스에 대한, 그리고 백신에 대한 정보가 너무나도 한정되어 있는 것은 아닐까요. 세상에 바이러스에 대해 제대로 답변을 줄 수 있는 사람들이 얼마나 있을까요?

　유명한 바이러스로 독감, 감기, 에이즈, 천연두, 소아마비, 에볼라, 코로나19 등등이 있습니다. 이 중에서 에이즈는 가짜라고 과학적으로 밝혀졌습니다. 아질산아밀(Amyl Nitrite)을 흡입했을 때 나타났던 반응을 오진해서 새로운 질병으로 발표한 것이 원인이었는데요. 에이즈로 많은 돈을 벌 수 있었던 세상을 지배하는 사람들은 더 많은 돈을 벌기 위해 가짜로 밝혀진 에이즈의 이름을 바꾸게 됩니다. HIV 면역 결핍증으로 이름을 바꾸는 혼란 기법을 사용해 지금까지도 HIV가 에이즈라고 생각하는 분들도 계실 겁니다. 하지만 HIV는 그냥 면역이 결핍되었다는 것이지, 특정한 병이라고는 볼 수 없습니다. 술을 마셔도 컨디션의 안 좋아도 면역이 결핍되었다고 판단을 합니다. 피 검사로는 확인이 안 됩니다. 왜냐면 존재하지 않기 때문입니다.

소아마비로 수많은 사람이 사망하고 수많은 사람의 인생이 망가졌는데요. 소아마비 백신 자체가 전 세계에 소아마비를 폭등시킨 재앙의 원인이었습니다. 제가 존경하는 심리학자 밀턴 에릭슨도 소아마비의 피해자셨고 그 소아마비는 한때 유행처럼 퍼져 나가 전 세계 사람들을 무너뜨렸습니다. 그리고 이 당연한 사실을 소아마비 백신을 만들고 퍼뜨린 사람들이 인정했습니다. 하지만 이 중요한 사실이 제대로 알려져 있지 않습니다. 다른 바이러스들도 대부분 마찬가지입니다.

유명한 바이러스 중 가장 이상하고 괴이한 것이 바로 독감일 것입니다. 세계 대전 중 전쟁으로 사망한 사람들보다 독감으로 사망한 사람들이 더 많다는 자료들이 있습니다(이 수치는 코로나19 기간 초기에 삭제된 것 같습니다. 2020년 3월 이후로 더 이상 찾을 수가 없는 자료였습니다). 계절마다 찾아오고 매년 맞아야 한다는 독감 주사…. 제대로 알고 있고 제대로 설명해 줄 사람이 얼마나 있을까요?

제대로 확인되지 않고 비밀리에 진행되는 것을 우리는 과학이라고 아니면 의학이라고 당당하게 말할 수 있는 것일까요?

바이러스의 대부분이 신뢰가 가지 않는 정보들로 꽉 차 있다면 자연스러운 추리의 원리에 의해 바이러스 백신은 대부분이 거짓이라는 결론에 도달할 수도 있게 됩니다. 이 추리의 결론은 모두가 알고 계셔야 하는 중요한 정보일 것입니다.

제 주위에는 백신을 맞고 중추 신경계에 영향을 받은 사람들이 꽤 있습니다. 중요한 신경계에 워낙 드문 백신이 적용되었기 때문에(최초의 RNA 백신이죠) 치료가 불가능하고 회복도 불가능해 보입니다. 왜 주사를 맞게 해서 사람들을 극도의 고통에 몰아넣고 중추 신경계까지 무너뜨려 버리는 걸까요? 이 주사의 반응은 이물질의 반응과도 비슷합니다. 그래서 이물질에 대한 반응이 약한 사람은 고통을 조금 느끼거나 아예 느끼지 못하는 경우가 있고 반대로 이물질에 대한 반응이 강한 젊은 사람들은 "태어나서 제일 아팠다."라는 극심한 고통을 자주 호소합니다. 주위를 둘러보면 주사를 맞지 않은 사람들은 평소와 다름없는 생활을 하는

데 왜 굳이 주사를 맞는 것일까요?

독감 같은 바이러스에 걸리는 것이 무서운 것일까요? 아니면 중추 신경계가 무너지는 것이 무서운 것일까요? 감기와도 흡사한 독감을 방지하기 위해 온 국민이···. 죽을 만큼 위험한 주사를 맞는다는 것은 치명적인 사건이고 치명적인 살인이 됩니다.

아무도 믿지 못할 황당한 이야기가 될 수도 있겠지만 이 전반적인 바이러스와 주사의 이야기는 좀비 영화와도 관련이 있습니다. 세상의 문이 닫히던 2020년이 다가오기 전···. 1년 정도 전부터 세상에는 좀비 영화가 판을 치기 시작하였고 드라마에서 영화에서 인터넷에서 어디를 가든지 세계 곳곳에서 보이는 그 현상은 미디어를 가끔 접하던 저도 인지할 수 있을 정도로 심각하였습니다. 사람의 몸에서 다른 사람의 몸으로 번지는 바이러스 같은 좀비 영화! 과도하게 방영이 되었고 과도한 반응을 일으키기에 충분하였습니다.

한 발짝 물러나서 생각해 보면 애초에 중국에서 발생했다는 그것은 중국에서만 발생했던 것도 아니었고 세계 곳곳에서 동시다발적으로 일어난 것입니다. 경로와 수치가 맞지 않았습니다. 그래서 저는 주시하고 있었습니다. 중국에서 비행기를 타고 캘리포니아 동부 지역에 도착한 사람이 바이러스를 퍼뜨렸다면 그 숫자는 수백, 수천이어야 하는데 뉴스에서 나오는 숫자는 불과 몇 명뿐이었습니다. 좀비 영화를 찍는 것도 아니고 그런 숫자는 비과학적인 숫자입니다.

사실 제가 살고 있던 캘리포니아에는 북부에서 남부로 전해지던 강한 독감이 있었습니다. 중국과 같은 시기에…. 똑같은 시기였습니다. 2019년 12월부터 2020년 2월 말까지 캘리포니아 북부에서 남부로 급속도로 퍼져 나간 폐 질환을 동반하는 그 독감은 로스앤젤레스 북부에 위치한 패서디나라는 도시의 90퍼센트가 넘는 인구를 강타하여 단 2주 만에 휩쓸고 지나갔고 남쪽으로 내려갈수록 그 독감의 강도는 수그러들었습니다. 워낙에 대규모였고 도시 전체가 경험한 일이라서 패서디나에 살고 있는 사람들을 인터뷰한다면 흥미로운 결과가 나올 것입니다.

실제로 2020년 3월 말 정도에 캘리포니아 북부에서 남부로 전해졌다는 독감의 연구 결과가 인터넷 신문에 보도되었고 그것이 바로 코로나19라고 하였습니다(과학자들이 발표해 보도된 공식적인 자료였습니다). 하지만 며칠 후에 바로 삭제가 되어 버립니다.

　상황은 간단합니다. 진실은 항상 간단합니다. 인위적으로 퍼진 바이러스와 강압적으로 맞아야 하는 주사라는 결론에 도달하게 됩니다.

　중국의 독감이 무섭게 묘사된 큰 이유 중 하나는 사람들을 공포로 몰아넣는 유튜브 영상이었습니다. 한 발짝만 물러서서 바라보아도 중국에서의 시작은 거짓말로 가득합니다. 이것은 현재 많은 분이 인정하는 사실이겠지만…. 이상하게도 세상은 그때의 거짓말은 너그럽게 용서해 주는 자비로운 국민들로 넘쳐 납니다. 잠깐! 그렇게 자비로우면 안 되는 것 아닌가요? 애초에 바이러스가 거짓으로 둘러싸인 뉴스의 어시스트였다면 지금의 주사도 똑같은 반복일 것입니다.

　한 발짝 더 물러나 생각해 보면 사람의 목숨이 달려 있는 문제입니다. 친구들과 가족들과 인류의 미래가 걸려 있는 문제입니다. 주사라는 것에 거짓말이 조금이라도 존재한다면 우리는 그것을 전력을 다해서 파헤치고 조사하여야 하겠지만…. 조금 정도의 거짓말은 아닌 것으로 보입니다.

여러분은 무엇을 신뢰하고 계시나요? 겉보기에는 편안한 세상처럼 보이기도 하는 이 세계를 가만히 들춰 보면 인류 최대의 위기로 치닫고 있다는 지표들이 보이기도 합니다. 추리를 좋아하시는 모든 분은 이 모든 것의 원인과 결말에 쉽게 도달하실 것입니다.

천년야화: 로봇인 척해 1&2

1판 1쇄 발행 2023년 4월 20일
지은이 John H. Park

교정 주현강   **편집** 윤혜원   **마케팅·지원** 이진선
펴낸곳 (주)하움출판사   **펴낸이** 문현광

이메일 haum1000@naver.com   **홈페이지** haum.kr
블로그 blog.naver.com/haum   **인스타** @haum1007

ISBN 979-11-6440-345-5(03810)

좋은 책을 만들겠습니다.
하움출판사는 독자 여러분의 의견에 항상 귀 기울이고 있습니다.
파본은 구입처에서 교환해 드립니다.